窗外的风景

Chuangwai De Fengjing

黄廷洪 著

合肥工业大学出版社

目　录

我有个心愿：

好好努力，写一部大戏给母亲看。

梦中，我问母亲：

“娘啊，你在另一个世界还有戏看吗？”

写戏给母亲看

母亲离开我们整整十五年了。每次回老家，看到墙上渐渐发黄的母亲遗像，思念总是烟雾一般在心头萦绕。

母亲喜欢看戏，从我记事的时候起，她就常常跟我说起自己早年看戏时的情景：晚上和外婆一起打着灯笼赶场，四下里如萤火虫一般的灯笼火把聚集到戏场里亮闪闪的汽油灯下；台上锣鼓喧天、丝竹悠扬，台下黑压压的人群望不到边——“唱戏的是疯子，看戏的是呆子”，这是母亲常说的一句口头禅。她说那时的她不光看戏，还要帮做小生意的外婆在戏场里卖羊肉挂面。后来，我的眼前便时时浮现出少女时代的母亲穿着红色旧棉袄、仰着和旧棉袄一样红的脸在土台下看戏的情景。

母亲看的戏多，记性也好，花鼓戏、黄梅戏、皮影戏、目连戏都爱看。她爱看头上插着雉羽的穆桂英英姿飒爽，爱看诸葛孔明摇着纸扇的悠闲，爱看红脸张飞疾恶如仇的咆哮。窦娥的冤屈曾让她夜不能寐，陈世美的丧尽天良曾让她愤愤不平，公子落难、小姐讨饭的老掉牙的故事，总让她百看不厌。江南的梅雨季节里，望着窗外的茫茫雨幕，爱看戏的母亲总是给我们讲述那些已经成了脸谱的忠良和奸臣——包公的刚直无私，秦桧的阴险狡诈，孟姜女的撕肝裂肺，梁山伯与祝英台的离合悲欢……这些故事成了我们最初的人生启蒙。

我高中毕业时，“四人帮”被粉碎，紧接着便是十一届三中全会，开始拨乱反正，文艺舞台空前繁荣起来，乡下的民营剧团雨后春笋般纷纷涌现。母亲的高兴溢于言表，一遍遍地说："这下好了，有戏看了。"她和乡下众多的戏迷一样，常常不辞辛劳奔波十几里去看露天舞台上的"草台戏"，而且总是要叫上我。母亲看戏看得投入，看得动情，每场戏散过之后，总是眼圈发红、唏嘘感叹。说实话，我对台上那些拖腔拿调、咿咿呀呀并不感兴趣，几次之后终于不愿意和母亲一起看戏了。母亲很是诧异，对我说，你是识字的人，怎么会不喜欢看戏呢？在她看来，识字的人天经地义就应该喜欢看戏的。我心里好笑，也不和她争论。

十几年以后，我因为爱好文学，发表过一点东西，调到县城的文化局搞创作，工作的科室全称"戏剧创作研究室"。顾名思义，这是一个从事戏剧创作和研究的地方。有一次回家，母亲问我在县城做什么工作，我说"写戏"。母亲望着我，像注视着一个陌生人，两眼发光。她问："戏是写出来的？戏怎么能写出来呢？不是在台上唱出来的吗？"我笑了，告诉母亲："那些在台上唱戏的，得有人给他们写本子才行；没有人给他们写，拿什么唱呢？"从此，母亲逢人便说："我儿子是写戏的。"骄傲之情，溢于言表。

我们那个村子里，在县城"吃公家饭"的人不少，有的还做了官；和他们相比，我一个刚刚出道的"写戏的"实在没有什么可炫耀的。我告诉母亲，不要把"儿子是写戏的"挂在嘴边上。母亲却不以为然，说："古往今来，万千道理，都在戏台上演给人看呢。当官也好，经商也好，都是一时，只有戏能传唱千古啊。"

听着母亲的话，我有些感动。目不识丁的母亲是在说着一个道理啊：文章千古事，仕途一时荣。那时候，我就有一个心愿：一定要好好努力，写一部大戏出来给母亲看。我知道我不可能写出如母亲说的"传唱千古"的戏，可这又有什么关系呢？

戏剧和戏剧创作是一条艰难而寂寞的道路，这些年来，每当想退却、想改行的时候，写一部戏给母亲看的念头始终激励着我、鞭策着我。遗憾的是，母亲终究没有看到儿子写的大戏在舞台上演出来，就永远离开了我们。老人家去世后的第七年，我的大戏《豆腐宴》由江苏省淮海戏剧团排演。首演的那天，我特意多要了一张票。大幕拉开，舞台上色彩缤纷，唱腔悠扬。我想象母亲就坐在我身边的那个空座位上；默默地抚摸着椅子，眼泪悄然下来了，心里说：妈，儿子写的戏终于上演了，你看见了吗？

我的爱看戏的母亲，从小就挤在草台下面看戏，从来没有在正经的剧场里看过一场戏啊。这些年来，如果不是要写戏给母亲看的念头在支撑着，我也许没有那么一股长久的耐力，在戏剧创作这条坎坷而清贫的道路上走下去。不知道是不是我的幸运，我的第一部大戏搬上舞台之后，就获得了江苏省五个一工程奖、田汉戏剧奖、文化部舞台艺术优秀剧目等一系列奖项，先后在苏北农村演出超过三百场。2005 年，这个戏又入选第九届中国戏剧节，登上了中国戏剧的最高舞台。母亲给了我最初的戏剧启蒙，如今，我的戏上演了、获奖了，她老人家却没有能看到。

有人说人生如戏，舞台小天地，天地大舞台，我们每个人都在生活的舞台上扮演着不同的角色。我这一辈子都将扮演编剧这个角色了，每当拿起笔来写戏的时候，我总是提醒自己：不要为了迎合某些口味，不要为了获奖或晋升职称，而是为了那些和母亲一样一辈子都没有机会走进剧场、只能在露天下看草台班的戏迷们。

清明的霏霏细雨中，我将自己的剧本手稿焚烧在母亲的坟头。抱着那块湿漉漉的墓碑，我问梦中的母亲：“娘啊，你在另一个世界还有戏看吗？”

临别时，绿皮火车长长地叫了一声，
那一声苍凉的汽笛让她泪如雨下。
小站就这么默默地看着守望了几十年的
那个熟悉的身影一路远去，
渐行渐远，慢慢消失在视线以外……

深山里的小站

深山里的小站，绿树，白墙，红瓦，静静地，显出几分小巧，几分玲珑。

一条铁路跨过河流，经过田畴，穿过崇山峻岭，从小站的身边经过，蜿蜒而来，蜿蜒而去；小站就坐落在两座山梁之间。这样的深山小站在铁路沿线有很多，也很普通，普通得就像那些一辈子没有走出过大山的村姑。

是的，在我眼里，这深山里的小站仿佛就是村姑——干净得不沾一星灰尘；站前的水泥牌子上写着她的名字——小李庄、胡家崂抑或是黄村，名字虽然有些土气，在舞文弄墨的人眼里甚至有些不登大雅之堂，却是那么纯朴，叫起来朗朗上口，当然也不乏含蓄。

当初第一列火车开进深山，那是一个阳光灿烂的日子。寂静得只能听见空谷鸟鸣、流水淙淙的大山，因为有了火车的汽笛声而变得朗润起来，灵动起来，也闹腾起来；山里的太阳仿佛比以往亮堂了许多。火车带来了山外人惊喜的目光，也带来了山里人关于山外的遐想。许多山民们就是从火车进山的那一刻知道了山外的世界很大，很远；原本静如潭水的心开始躁动起来，盘算着有朝一日也能坐上火车，去看看外面的精彩。

小站用处女般清澈的眼神注视着火车一路呼啸而来，又呼啸而去。她的心被这呼啸声撞击得怦然而动，情窦初开——原来，第一次心动竟然是如此激情澎湃！

从此，无论是刮风还是下雨，无论是白天还是夜晚，小站满怀期待地听着火车呼啸的声音，感受着他那强劲的脚步，如同一个村姑悄悄地暗恋着一个高傲的、豪气十足而又青春飞扬的男人，为他的每一次到来而兴奋不已，为他的每一声呼啸而热血沸腾；每次车轮碾过钢轨时的震颤总让她觉得那是一个男人蓬勃的心跳。

从此，车厢的绿色成了她心中最美的颜色。

每天，一列又一列火车飞驰而过，只有一列慢车会在小站停留一分钟。看到火车一路跋山涉水、风尘仆仆，小站总想让他伟岸的身躯在自己的身边多待一会儿，听她讲大山的故事，听她唱山里的歌谣。在她的眼里，他的一切都是那么新鲜，那么好奇。

小站问自己：火车见多识广，来自繁华的都市，也必然会在繁华的都市栖息。而我，不过是这崇山峻岭之间一个不起眼的小站，这么满心满意地爱着他，会有结果吗？每一次，每一回，那列编着阿拉伯数字的绿皮火车总是如约而至，在距离小站还有好几公里的时候，就会鸣响汽笛。那是多么粗犷豪放的声音啊，群山之间万壑争鸣，此起彼伏；她总是激动如初，浑身颤抖。

一个风雨潇潇的日子，火车因为晚点而没有在既定的时间到来，小站充满了牵挂，痴痴地想：他遇到了怎样的坎坷、怎样的风雨、怎样的泥泞？也许是行程中赶上了塌方，也许是铁轨被山体滑坡所掩埋，或者某一处桥梁被洪水冲垮。她平生第一次体会到，揣着思念的等待是那么漫长，怀着柔情的牵挂甜蜜中掺着苦涩。时间一分一秒地过去，小站默默地为晚点的火车祈祷，门前那棵枫树叶子上滴落的雨水，仿佛就是她忍不住的眼泪……

晚点的火车终于姗姗而来，在远方的隧洞前拉响一声长长的汽笛，她一直悬着的心才放了下来。那列火车晚点了三个小时，小站却觉得这不是三个小时，而是三天，三个月，三年。当那个壮硕的身躯终于停靠在小站的时候，她真想扑上去，紧紧地抱着他，再也不让他去孤独地远行。

飞驰的火车日行数千里，经历过多少滚滚红尘，见识过多少柳绿花红，一个不起眼的深山小站于风雨中痴情的守候让他感动，他说："亲爱的，我脚步匆匆，日夜兼程，命运注定不能有更多的时间陪伴你，每次只能在你的身边停留一分钟；而且，命运注定我不能拉着你的手，去见识山外都市的繁华，人潮的涌动。"

小站说："和那些日夜相思而不能彼此相见的恋人比起来，有这每天一分钟的爱，我已经很奢侈、很满足了。"

小站就这么怀揣着对于火车的挚爱，绵长而深沉。这爱的主题只有两个字：守候。铁路将一个又一个大城市连在一起，孤独的小站想象着，那些美丽的大城市是什么样子？楼房有眼前的山这么高吗？姑娘的裙子有山里的花这么美吗？城市对于小站来说，只能是梦里的风景。

开春时节，伴随着布谷鸟的叫声，山里的打工一族背着行囊，从小站上车。怀着期盼与梦想踏上旅途，故乡的小站是他们梦的起点。年复一年，小站聆听着妻子送别丈夫、父母送别儿女时的千叮咛万嘱咐；年复一年，小站目睹那些裤脚上沾着草香的乡亲如同候鸟，在亲人留恋的眼神里飞去，又是在亲人热切的凝望中飞回。一个又一个劳累的夜晚，打工的"候鸟们"酣睡在城市的屋檐下，一觉醒来想到的总是家乡的月亮，深山里的小站，还有那泡在低价白酒里浓烈的乡情！

光阴荏苒，岁月如流。终于有一天，有人告诉小站，当最后一趟列车驶过之后，这条铁路和绿皮火车将同时成为过去，一条崭新的铁路将在不远处取代这条运行了几十年的老路——那是一条高速铁路，来往驰骋的将是和谐号，如风如电，千里之遥，只在杯酒之间。

那同样是一个阳光灿烂的日子，绿皮火车如期而至。小站才第一次觉得当年曾经傲气十足、意气风发的家伙，经过了几十年的奔波，如今的确显得老迈了。火车喘息着在小站的身边停下来，似乎是有意和小站做最后的道别，竟然比往常多停了半分钟。那时候，她多想伸手去轻轻地抚摸那斑驳的车皮，然后告诉他："从此一别，天各一方，各自珍重！"

临别时，绿皮火车长长地叫了一声，那一声苍凉的汽笛让她泪如雨下。小站就这么默默地看着自己守望了几十年的那个熟悉的身影一路远去，渐行渐远，慢慢消失在视线以外。

从那以后，铁路还在，铁轨还在，却不再有火车经过，小站也就成了多余，看上去有些落寞，有些破败。而不远处，红色的特快列车和白色的

“子弹头”穿梭不息，成了深山里流动的风景。

深秋的红叶飘满了小站的四周，像一个饱经沧桑的白发老妪怀念曾是少女的日子，看着眼前的变化，小站总是一次次地回忆着那绿色的火车，回忆着那每天只有一分钟的甜蜜的爱恋……

曾经有过的日子，
就这么渐渐地远了。
也许，这不仅仅是一种戏剧现象，
也是一种人生……

曾经有过的日子

——关于“宣城戏派”的记忆

一

1981 年盛夏的一天，我从“双抢”的泥田里走出来，背着一只旧挎包前往九华山参加芜湖地区戏剧创作会议。那一年，我刚满十九岁，用现在的话说，是个青涩的年龄，又是个爱做梦的年龄。

住的地方名叫望华旅社，站在门前，就真的能清楚地看见对面的九华山莲花一般的山峦时而云飞雾绕，时而纤尘不染，给人一种怦然心动的逼真感。半个月的创作会，我认识了一些后来堪称我戏剧创作师友的前辈。那是一个文艺的春天，那是一段令人热血沸腾的岁月。我的这些师友们凭着似乎是与生俱来的对于戏剧的执着与虔诚，才情勃发，击节而歌，一幕幕精彩的生活长卷在他们的笔下展现出来：温柔善良的春嫂带着皖南泥土的芬芳，唱着流传了百年的皖南花鼓调，走进了波光潋滟的中南海；勤劳节俭的柯老二，用自己的淳朴诠释着一个先富裕起来的农民对党的信念与忠诚；皇宫里的钩心斗角，羯鼓中的动魄惊心……

一个个让人牵肠挂肚的人物，一出出让人揪心长叹的悲喜剧，还有一段段为外人所不知道的戏外戏，让宣城的这班剧作家们成了风云人物。这里的山，这里的水，这里的人，给了他们太多的灵感，这些灵感一旦被披之管弦，在舞台上活动起来，给人一种好戏连台、目不暇接的感觉。于是，理论家们就给这班剧作家和他们的作品起了一个总的名字，叫“宣城戏派”。这个称呼当然是我后来才知晓的。

这次九华山之行，催生了我的两篇小稿：《戴蛤蟆镜的姑娘》和《石溪》，都发表在正式刊物上，前者成了我公开发表的处女作。

从九华山归来后，我用了整整六年时间，极力为自己寻找到一只可以终生糊口的“铁饭碗”，只好时时强迫自己按捺住对于文学的爱好与冲动，因为“有一个饭碗”比“有一个爱好”更加重要。尽管爱好文学在当时来说，是那么时尚，那么风光，那么“给力”。

作为晚生，虽然没能赶上宣城戏派最繁荣、最热闹的时候，却丝毫不影响我对它的了解，因为原宣城地区文化局创研室主任王士能先生既是一位剧作家，又是一位戏剧活动家，更是宣城戏派的领军人物。他的口才在安徽戏剧界几乎人所共知。每次聚会，都能听到此公那不知疲倦、慷慨激昂的声音，或抨击时弊，或臧否人物，或陈述某一次调演的难忘，某一次评奖的不公，某一次笔会的趣闻轶事，说到激动处唾沫横飞，说到义愤处拍案而起，说到开心处哈哈大笑。

此公还有一个可爱的地方，就是关于宣城戏派的那些事，不管说了多少次，他每次说起的神情，总是如同第一次讲起来那么新鲜。我们这些后生听众，为了表示尊重，也都做出一种头一回聆听的样子，显得饶有兴趣、兴味盎然。

二

再次登上九华山搞创作的时候，已经是1993年的夏天。此时，宣城戏派已经转变了风格，由大戏创作而转向小品。都说是和这座中国四大佛教名山结下了佛缘，宣城戏派不仅大戏连台，佳作迭出，小品小戏更是声誉鹊起，遍地开花。接连举办了十年之久的“安徽省小品大赛”，宣城的老中青作者在王士能主任的鼓噪、怂恿下，连续八年以获奖作品数量之多、获奖等级之高而称冠全省：《补伞》《晨曦》《一杯碧螺春》《洋小姐与农二哥》《一撮毛》等等，从老剧作家詹硕夫、王士能、张亚、杨跃庭、胡永杰，到中青年剧作者俞丰年、宋多健、朱先明、解宗来、王静义，能开出一个长长的名单，作者阵容之整齐，堪称全省第一。

我常常想：创作是一个寂寞的事情，戏剧创作更是寂寞得如同置身于晨钟暮鼓、青灯黄卷之中，不是为了看破红尘，而是像春蚕一样在寂寞中孕育，在寂寞中坚守，只为了吐出心血凝结成的那一缕丝。无论是一个人的创作，还是一个文学流派，总会像钱塘江大潮，有潮起就有潮落，有高潮就有低潮，宣城戏派也不例外。从 20 世纪 90 年代开始，宣城戏派经历了大戏的风景独好到小品的锋芒毕露。后来，剧作家们因为经费的捉襟见肘，创作大本营从木鱼声声、香烟袅袅的九华山移师泾县茂林。

俗话说，小小的泾县城，大大的茂林镇。这座古色古香的皖南小镇，环境虽然没有佛山那么幽静清凉，餐桌上的口福却有过之而无不及。但凡搞创作的人大都有一根敏感的神经，这根敏感的神经只要受到外界的触发，便能文思泉涌。茂林是皖南事变的发生地，是著名文人吴作人、吴组缃的故乡，白天探访古镇的遗迹，吃着令人赞不绝口的红烧蹄髈和茂林糊，夜晚枕着东流山的松涛，足以让人浮想联翩，激发出创作的灵感。于是，钟灵毓秀的古镇茂林，成了“宣城戏派”的剧作家们继九华山之后，又一个剧本创作的福地。在五六年的时间里，有十几部剧本在这里诞生（这些创作成果，在我的散文《一位大厨和十二部获奖剧本》中已有记载），这些众多的获奖作品，成了宣城戏派又一个创作高峰。

三

五月的皖南山区，刚刚过了一个桃红柳绿、莺飞草长的热闹季节。经过了许多年的沉寂之后，宣城戏派的剧作家们又一次集体相聚，这是 2010 年，地点在钟灵毓秀的旌德。

看着那些曾经满头的青丝如今成了白发，那些曾经英俊的面孔如今堆满了皱纹，那些曾经自信的慷慨陈词如今有了颤音，那些曾经健朗的脚步如今变得迟缓，作为一个见证者和参与者，我是那么真切地感觉到了时光的匆匆，人生的苦短。

他们是戏剧这块并不肥沃的土地上执着的坚守者——因为热爱，所以坚守。这群人仿佛天生就是为了戏剧创作而生。他们不能喝酒，不会赌博，只有看书的爱好，除了在稿纸上写下唱词和对白，再没有别的嗜好，只有戏剧和戏剧创作，是终生的寄托。

从1981年那个火热的盛夏与他们不期而遇，屈指算起来，已经三十年了。假如有人要问：三十年的时间，能做些什么？答案可能会千奇百怪：三十年的时间，一个一文不名的穷光蛋可以从容地成为百万、千万富翁；三十年的时间，可以让一个美丽无瑕的少女，慢慢地变成一个小老太婆；三十年的时间，可以让一个原本寂寞无声的小城，变成一个车水马龙、灯红酒绿的都市。

三十年前，我带着梦想，也带着胆怯，带着诚惶诚恐走近了这个群体。三十年来，从一个玉树临风的年轻人，到跨进知天命的门槛，真的是“人生短短几个秋”。岁月无痕，值得记忆的东西并不多。许多的人和事、喜和悲、得意与失意都成了过眼烟云，早已飘散，唯有有关宣城戏派的记忆还是如此清晰。闭上眼睛，就是宣城戏派的灵魂人物、原宣城地区创研室主任王士能那慷慨激昂的话语，那身为高级知识分子却朴素得如同一位乡野老翁的形象。想到为了帮人评职称，他如何据理力争，如何不得已晚上给人送烟送酒；想到为了别人的戏他是如何奔走呼号、拍案而起；想到为了发现一个有前途的作者他是怎样地跋山涉水、不辞辛劳；想到那年我申报副高职称他陪我一起去合肥，为了替我省钱，中午他提出吃“酸辣糊”，他的儿子不肯吃，他如何“街头训子”；想到他退休之后蜗居在都市一个“平民窟”里，却依然老骥伏枥志在千里，想的依然是宣城的戏剧创作和宣城戏派的前途……我的眼前总是一片模糊。

如今，如同潮水的涨落，宣城戏派，经历了繁盛和辉煌之后，作为一种戏剧现象，已经跌入低潮，渐行渐远。仿佛一个曾经意气风发的汉子，苍老了，佝偻了，留给我们的是一个多少有些伤感和寂寞的背影，即便偶尔回头，让我看到的，也是那一缕沧桑和无奈。

曾经有过的日子，就这么渐渐地远了。也许，这不仅仅是一种戏剧现象，也是一种人生。

这里是我的人生第一站。
我走了，
带走了山里人的纯朴与善良，
却把深深的依恋留在了山里，
永远，永远……

山里的记忆

我17岁那年，没有考上大学，怀着一种失落感回到故乡，随即去山里的一所民办中学当代课教师；最叫我难忘的是做夜校教员的那段日子。天一黑，山里人掌着松明火把，一路嬉戏着来了。夜校的学生以女性居多，她们多少带些野性，上课时嬉闹、说笑，没有拘束。也正是她们，给我留下了永久的记忆。

辣椒嫂

不知道她的名字，人们唤她辣椒嫂，说她是个长头发男人：和男人一起采石，一起放排，甚至一起下河洗澡；整日里风风火火，走起路来咚咚作响。她算得上一个勤勉的学生，从不缺课，总是一边听课一边敞着怀奶着孩子。

有一回，辣椒嫂请我到她家里去，她端来一碗挂面说："吃了，嫂子求你写个信。"我拗不过她那爽气劲，一边吃着面条一边听她说话，"大兄弟，人不到难处不求人，往日我常在葫芦罐子里给你杠子哥写信，这回不中了，有要紧事呢，只好求你了。"

在葫芦罐里写信？我好生奇怪。经询问再三，她才从一个光滑的葫芦罐里取出一个红布包来："那死鬼每次寄这些东西回来都不打信，欺我这睁眼瞎呢!"辣椒嫂打开布包，原来是三枚闪亮的军功章。"他不写，我写，不认字的人也有笨法子呢，想那死鬼了，觉得有话要说，就往里边丢下几粒黄豆……"

有这么写信的吗？我的心里不禁一震，说："那可是你心里话呀，丢在罐子里，杠子哥怎么知道?"

"傻兄弟，等他探亲回来，煮给他吃了，不就一股脑儿倒进他肚子里去了?"辣椒嫂叹了口气，接着说，"这回，老法儿不灵啰。那死鬼上次回来探亲，说是带了什么避孕药，睡觉时要我吃。他糊弄我呢，这不，肚子里又有了。计划生育是政府大事，你帮嫂子写封信问问他，咋办?"

我笑了，她的脸上浮出了一层淡淡的潮红，竟也是挺美的。

夏　花

夜校里来了位新学生，叫夏花，会唱歌。

那天，几个山里妹子来到我的住处，不知谁看见了挂在墙上的二胡，便怂恿夏花唱一段。我来了兴致，问她可愿唱。夏花的脸红红的，点点头。我取下二胡，调起弦来。没想到弓上的马尾让虫咬断了，正扫兴时，看见夏花两条乌黑油亮的长辫子。"头发也能当马尾使的，"我说。姑娘们觉得很新奇，夏花红着脸让同伴剪下一小绺，我装在弓子上，擦上松香，清脆的琴声响了，夏花唱了一支又一支山歌，那声音很甜，可惜我不知道谱子，只胡乱地"伴奏"着。姑娘们告诉我，夏花生性爱唱，她继父反对，说女儿家唱曲儿疯癫。夏花呢，一肚子歌儿憋不住，常在夜深人静的时候偷偷地唱。有时继父知道了，便拽着辫子打她。她想上夜校，继父不让。这几天，继父去山外了，她才敢到这久已向往的地方来。

几天后，一个细雨蒙蒙的晚上，我小病在床，迷糊中门被推开了，睁眼看着，进来的竟是夏花。她的身上湿漉漉的，双手把一束乌黑的头发递到我的面前："给你吧，留着慢慢……"话没说完，早已哽咽了。啊，辫子，我捧在手中，轻轻地抚摸着，望着她那齐耳的短发，那清秀的脸庞和那蓄满忧郁的双眼，真想叫她一声"姐姐"，可喉咙却被一种从未有过的激动堵住了。

第二天，在一阵呜呜哇哇的喇叭声中，夏花出嫁了。望着墙上的二胡和那束乌黑的长发，我的心里陡增起无限的惆怅。

珍　珠

我永远忘不了那双眼睛，亮亮的，好似宝蓝色天幕上两颗璀璨的星星。

每天晚上，她总是静静地坐在最后一排的角落里，上课时，我没听她说过一句话。可我想，即使她一辈子不说话，你也不会感到奇怪的，因为她的脸上总是挂着一丝难以察觉的微笑，那两只清澈的眼睛在注视你的时候，就是在和你进行着一种无声的交谈。她的名字叫珍珠。

一次家访的路上，我的脚被菜花蛇咬了。珍珠姑娘上山打柴发现了我，把我扶在一块石头上坐下，半跪着用嘴在伤口处为我吸毒，回家后又找来了草药给我敷上。我逃过了一劫，可她自己的眼睛却中了蛇毒，脸浮肿着，变了形，两只眼睛肿得高高的，渐渐看不见东西了。珍珠的父亲是个土医生，他从灶房里端来一只铜壶，让小铜壶的热气慢慢熏着珍珠的眼睛；蒸汽在她的眼睛上凝成水珠，又滴落到铜壶里，直到一壶清水变成了淡黄色。老人说，那黄色，便是蛇毒。

珍珠脸上的浮肿渐渐地消了，眼睛虽然能看见东西，却变得浑浊起来，常淌眼泪，而且视力也大不如从前了。她父亲难过地说，那已经没法子治了。啊，珍珠姑娘，你那一对晶莹闪亮的眼睛，是为了我而失去的呀！

后来，我终于知道，珍珠竟是个哑姑娘……

两年以后，我要离开山里了。这里是我第二故乡。我曾经带着失意来到这里；如今我离开了，带走了山里人美好的感情，却把一个赤子对于故乡深深的依恋留在了山里，永远，永远……

人啊，就是这样：
孤独时向往热闹，
热闹时怀念往日的清净。
曾经沧海难为水——
我再也回不到从前了。

我是一方“老坑”

我是一方古砚，方家称之为“老坑”。究竟有多老，连我自己也说不清楚。也许是白垩纪天崩地裂时陨落的一块碎石，也许是第四纪冰川遗留下的一抔泥土。无数的岁月中，我沉睡在大山的怀抱，地表的深处。

伴随我的是黑暗，冷清，孤独，寂寞。

那是怎样的黑暗啊，外面的世界阳光明媚，我的世界却暗无天日；

那是怎样的冷清啊，同样是春深似海的日子，山上花开烂漫，我却心如止水；

那是怎样的孤独啊，整天聆听着地下水滴落的声音，我的心里却没有丝毫的涟漪；

那是怎样的寂寞啊，看不见日出日落的壮美，听不见潮起潮落的澎湃；感觉不到风的潇洒，雪的浪漫，雨的缠绵。

我是一方老坑，无法改变自己的命运，却又总是不甘心就这么默默无闻——永远在毫无生机、孤独黑暗中虚度光阴，身处这个世界，一天和一年、十年、百年又有什么区别！我的痛苦谁能知晓？我的纠结谁能体察？我的失落谁能理解？我也曾经是一团熠熠燃烧着的烈火啊——激情澎湃，热情奔涌，豪情万丈！我的胸腔里回荡着海啸般的呐喊，我的血管里奔突着鲜红而滚烫的岩浆；那些个天崩地裂的日子，我用炽热的灵感在大地上写下一行行狂放的诗句，那么淋漓尽致，又是那么荡气回肠！

当热情终于冷落到冰点以下，我从激情奔涌趋于淡然宁静，沉睡于地表的深处，曾经有过的张扬和豪放都成了回味中的记忆。从此，寂寞像一只大蚕，我孤独的心就如同一片桑叶。每天，每时，每刻，我都能听见自己心的桑叶被那只大蚕贪婪吞噬的声音，岁月煎熬，度日如年。

我是一方老坑，为了不再寂寞，我宁愿像崖上的那棵老树，被风摧残，被雷电击，即便凋落了最后一片叶子，也能用自己的枯瘦与憔悴向世人表达我的性格与追求；为了不再寂寞，我宁愿是那些被镐头和电钻开采出来的煤，哪怕是将自己最后一丝光和热奉献出去，也义无反顾；为了不再寂寞，我宁愿是一块岩石，被铁锤击碎然后拿去铺路，让那些匆匆的脚步从我的身上踩过；为了不再寂寞，我宁愿是一只杜鹃鸟，为了心中那一份香椿芽一般鲜红柔嫩的爱情，即便是啼叫得满嘴泣血也无怨无悔！

我的呐喊无人理会。直到有一天，我被人重新开采出来，命运便发生了重大转折。在工匠的石锤敲打和錾子的雕刻下，我这方老坑成了一只砚台。那是一位雕刻砚台的高手，顺着我的纹路叮叮当当，精心打造。于是，方寸之地有了山高水长，流云飞瀑；弹丸之间有了圆月高照，群星闪烁。人都说这方老坑纹理缜密，坚润如玉。徽墨在我的砚池里磨着，我喜欢倾听那沙沙的声音，如润物无声的三月春雨，似飘落在江南田野的雪花。书生文豪们蘸着那乌黑的烟墨，一篇篇文章或行云流水，或黄钟大吕，或慷慨激昂，或义愤填膺。

我喜欢这样的生活，作为一方老坑，我愿意将那徽墨在自己的掌心里磨得黑黑的，然后为正直的人奋笔疾书，为含冤的人代言诉状，为怀才不遇的人发泄牢骚，为天下有情人倾诉心曲，为愤世嫉俗者开出治疗社会顽疾的药方，为愤愤不平者撰写讨伐贪官污吏的檄文！

我喜欢这样的生活，作为一方老坑，我愿意将那徽墨在自己的掌心里磨得浓浓的，然后在画家的笔下，画出长江的日出，草原的壮阔，黄山的秀丽，长城的逶迤；画出竹的劲节，梅的傲骨，松的长青！

随着岁月更迭，时光变迁，我被磨得旧了。如同酒越陈越香，画越古越贵，我也成了一方“名砚”，据说价格不菲。一旦成了名砚，自然就不再作为一方普通的砚台用来写字画画了，而是成了一件供人观赏的艺术品。于是，我被人收藏，被人拍卖，从一个人的手中辗转到另一个人的手中，每一次的辗转都让我的身价提高了一回，以至于后来出现在拍卖会上。

面对着那些各种各样的目光，我问自己，我是谁？我的身上怎么染上了如此浓重的铜臭？这就是我想要的生活吗？我厌恶人们把我和金钱联系在一起，我鄙视那些廉价的赞美和感叹，于是，我又怀念起那些寂寞而单纯的日子。我曾经那么向往山外的红尘滚滚，那么羡慕春天的柳绿花红，可是有朝一日一旦置身于此，便终究没能逃脱被人把玩的命运！

人啊，就是这样：孤独的时候向往着热闹，热闹的时候却又怀念往日里有过的清净。曾经沧海难为水，除却巫山不是云——我再也回不到从前了。

老家的窗外，
月光下的池塘蓄满了我青春的向往；
望溪巷的窗外，
一幕幕真实的人生风景；
新居的窗外，
别样的音乐让我感到人生苦短，岁月匆匆……

窗外的风景

一、老家的窗外，月光下的池塘蓄满了我青春的向往

故乡的山冲里有一条溪水，如同一根丝线；一口口池塘就宛如形状不同的珠子，被那弯弯曲曲的丝线缀成一串，绿莹莹、亮汪汪的，老家窗外的那口池塘就是其中之一；那又绿又亮的池水，蓄满了我童年的欢乐，青春的向往，是我记忆中最美的风景之一。

我儿时的记忆里，水塘里有荷叶，也有菱角，都不肥壮，荷叶长长的，菱角瘦瘦的，如同少年的我。大热天的傍晚，村里的四先生戴着单位发的草帽，在池塘边上钓鱼，看上去很有几分诗情画意。水是默默的，虽然和溪水连在一起，却静得仿佛一位沉静寡言的山村女子。只有涨水的季节，而且是在夜晚，村子里的喧闹都静下来的时候，方能听到池塘里的水从水闸里向下流泻的声音。伴着那哗哗的流水声，我做过许多斑斓的梦，大都是和文学有关的。我梦见曾经玩过的石子棋，棋盘变成了绿色的方格稿纸，石子成了一个个汉字；我梦见那一个个汉字都发表在报纸的副刊上。如今，那些少年的美梦，有的已经成真，有的永远无法实现。

记得有月光的夜晚，从土窗里向外望去，田野漠漠，山峦迷蒙，溪水之上浮着一层雾气，潺潺的水声里，我看书，或者写点东西；有时候懒惰懈怠躺在床上，一觉醒来，听着那逝水无情，便如同得到了鞭笞，重新点亮台灯。

母亲对我说过，我出世的那年冬天，因为缺粮，父亲卷着裤腿、踩着尖刀似的冰凌到门口的池塘里去挖藕。其实，那野生的藕早已经被村里饥饿的人们搜寻了一遍又一遍，父亲寻到的不过是一些根节而已，母亲却是因此而给了我最初的乳汁。从此，我便对窗外的池塘有了一种特别的感情。后来，离开故乡的时候，我带走了凌乱的手稿，带走了简陋的家具，却带不走那口蓄满了我的亲情、乡情和痴情的池塘，掬一捧清澈的池水喝下，把那份甜蜜的记忆长久地留在了心里。

以后的日子里，每次回故乡，发现土窗外面那原本倒映着蓝天白云的池水在一次次变黄。房地产开发商的触角，由城市延伸到了乡镇，上游的骨干企业带来了一些繁荣，却也带来了污染。终于有一天，沿溪而居的村民都家家户户打起井来，退了休的四先生自然早已经收起了他的鱼竿；而我，只有躺在城里的床上，去回味故乡老屋的窗外，那长长的荷叶，那瘦瘦的菱角，还有那月光下的流水声了。

二、望溪巷二楼的窗外，一幕幕真实的人生风景

从乡下走进城里，住在一个名叫望溪巷的地方。我的书房在二楼，每当爬格子爬得腰酸背疼的时候，总要站在窗前，看一看窗外的风景。窗外是一片绿地，菜农们一年四季在这块肥沃的土地上劳作：春天的莴笋、夏天的豆角、秋天的韭菜、冬天的大头青，都绿得养眼。每当黄瓜开花的季节，中午蜜蜂沾着嫩黄色的花粉，落在我的书桌上，那嘤嘤的声音便如同一支催眠曲。

正是应了那句老话：好景不长。很快，窗外的那片菜地开发成了一个小区，毛竹和钢筋搭起来的脚手架代替了扁豆丝瓜的竹架，水泥搅拌机的轰鸣声代替了蜜蜂的嘤嘤声。几个月以后，小区建好了，从我的书房望过去，正对面的一个居室里住着一对小夫妻。窗户的玻璃上贴着大红色的双喜，粉红色的窗帘有时拉开来，有时紧闭着。拉开的时候，我常能看见两

张年轻的、表情生动的脸并排出现在窗口，他们也一定像我一样，在欣赏着窗外的风景；而紧闭的时候，自然什么也看不见，但我分明不止一次听见窗帘后那个半娇半嗔的声音：“你真坏！你真坏！”——倒不是我喜欢窥探别人的隐私，实在是我的窗户距离对面的小区太近了。

大约一年以后，粉红色的窗帘紧闭的时间远远多于拉开的时间，而且窗帘后面的声音彻底变了，有时是相互谩骂，有时是摔碟子砸碗，有时是尖利的哭泣。当初鲜艳的红窗帘褪色成为淡白色的时候，小两口离婚了。我的窗外没有了风景，因为正对着的那扇窗户很长一段时间，每个夜晚都是黑黢黢的。

又过了一段时间，对面的房子里住进来两个老人，看上去显然是一对老夫老妻。老太太将窗户和阳台擦得干干净净，天气晴朗的日子，她经常推着老爷爷到阳台上晒太阳。老爷爷原来下肢瘫痪，可能还有些中风，每当看见阳台上老太太像哄小孩似的给老爷爷喂汤喂水，我总是有些感动，鼻翼酸酸的，我真希望那间房子的第一任主人——那已经离异曾经的小夫妻，来看看什么叫相濡以沫，什么叫白头偕老。

三、新居的窗外，别样的音乐让我感到人生苦短，岁月匆匆

一年前，我离开了望溪巷，搬进了一个新的小区。小区的西边是宽阔的昭亭北路，从书房的窗外望去，能看见不远处的敬亭山，能看见许多转动着的建筑吊塔，能看见昭亭路上来来往往的车流。

爬格子的人喜欢熬夜，喜欢早晨睡懒觉。搬进新房不久，有天早晨，我正迷糊之中，突然听到一阵哀乐缓缓而来，以为是做梦。仔细一听，这才明白过来，原来宽阔的昭亭路是通往北门火葬场的必经之地。隔三岔五的，这种别样的音乐总会灌进我迷迷糊糊的耳朵里，我的心里很是郁闷。虽说哀乐给人带来的感觉未必是晦气，可毕竟不是《嘻唰唰》《大花轿》，况且几乎隔一两天就要被迫“欣赏”一次，怎么说也不是一件开心事。

有个朋友来家中做客，谈到小区的环境，也想买一套二期的房子，我半真半假地将昭亭北路上的音乐告诉了他，他果然打消了这个念头。

后来读到一个外国哲学家的文章，题目忘了，大意是说：人的死亡不应该悲伤，而要开心。事业有成者去世应该开心，因为他的一生没有白

过；事业无成者去世也应该开心，因为从此可以摆脱许多烦恼和痛苦；有钱的人去世应该开心，因为他再也不用担心会千金散尽，穷愁潦倒；没钱的人去世也应该开心，因为他从此不用担心有朝一日发了横财会亲人反目、被歹人惦记……如此说来，死也并不是什么可怕的事情了。每个人都要跨过那道门槛，走进那扇大门，不过是先后顺序而已。人生苦短，岁月匆匆，珍惜时间做好今天的事情，在有限的生命里多做些自己喜欢做、应该做的事情，才是最重要的。

这样想着，我心中的块垒便渐渐消融开来……

随着季节轮回，故乡的田野
从碧绿到金黄每年演绎一遍。
秋风起，白露凉。晚稻登场后，
那些秋雨中的草把子，
或三五成群靠在一起，
或独自一人偏向一隅，
宛如故乡忧郁的老者……

故乡的田野

故乡的田野，有许多的风景是可以被画家画到宣纸上的——

三月的第一场春雨飘过之后，田野间便有了一抹绿色，由墨绿而翠绿，接着便是草色青青了。红花草蓬勃起来，小小的碎花组成一片又一片无边的花海。明明是花，却谦逊地自称是草，看着让人心里温暖而灿烂。

穿着红衣的村姑在开满红花草的田间挑野菜，也是常见的乡村风景之一。红花草繁盛之际，被庄稼人用犁耕过来，放上水沤作肥料。漠漠的水田在融融的阳光下闪亮着，有白鹭从远处飞来，翅膀划着优美的弧线轻盈地落在水田里，尖而长的嘴在水中探寻着食物，一只，两只，直到一群。吃饱喝足了，昂着头悠闲地散着将军步，自然也是情趣盎然的乡村小景。

春天多雨，毛毛细雨中，戴着斗笠、身穿蓑衣的老农赶着水牛耕田，是我儿时最常见的画面。谷雨过后，该插秧了。布谷鸟一路清脆地叫着，村里人争先恐后地放爆竹，叫“开秧门”，如同过节一般。

仿佛一夜之间，刚刚栽下去的秧苗成活了，翠绿翠绿的，原本漠漠的水田便成了一张无边的绿毡子。晴朗的早晨，放眼一望，禾苗上沾着昨夜的露珠，微风一吹，波浪起伏，很是养眼。趁着和煦的春风，庄稼人在田野里耘田除草，上下田之间的男人和女人们逗趣说笑，偶尔来一段荤素夹杂的山歌，接着便是一阵嬉笑。

端午之后，风渐渐地热起来，乡人们三月间戴着斗笠、穿着蓑衣栽下去的秧苗开始拔节、看着稻谷灌浆，如同亲眼所见自己的儿女发育成人，这是农民最舒心的事情。蚕豆花变成了饱满的豆荚、紫槐花成了一串一串倒挂的铃铛，小麦收割登场之后，稻谷黄了。曾经碧波荡漾的田野这时候成了一片黄色的海洋，稻浪起伏，金灿灿地晃眼。戴着草帽的乡人们扛着锄头或者铁锹穿行在沉甸甸勾着头的稻谷之中，心中的喜悦溢于言表。所有的耕耘劳碌、栉风沐雨都是为了眼前这一片金黄。

开镰收割的日子正是一年中最为辛苦的季节。烈日当空，骄阳似火，躲在树荫里的知了扯着沙哑的嗓子嘶喊着，庄稼人抢收抢栽，叫"双抢"。明明是在自己的承包田里割稻插秧，却叫"抢"，可见时间的紧张，劳动强度之大。一家老小倾巢而出，村村无闲田，家家无闲人。

起早贪黑是常事。清晨走向田野的时候，月亮还挂在西天；夜晚回家的时候，月亮早已从东山梁上升起。妇女们忙得刚刚奶过孩子连衣服扣子也顾不得扣好就下田；中午，汉子们挑着两稻箩沉重的稻谷，脚下的灰尘噗噗作响。狗们在树荫下吐着红红的舌头，用怯怯的目光看着主人，似乎在为自己的乘凉而感到羞愧。

这个季节，抗旱往往是少不了的，水车是人们用来对付老天爷的一种武器。把河沟池塘里的水抽到秧田里，可不是一件轻松的活。大集体的时候用一种名叫"脚车"的大家伙，四个汉子伏在水车的栏杆上，用脚使劲地踩着车轱辘，轮流换班，水车上常常有一个遮阳的布篷。这是男人们干的力气活。也有"三大块"女人不服气，加入男人们的行列来车水，男人们便故意使坏，一会儿慢悠悠地踩着车轱辘，一会儿突然将车轱辘踩得飞转，女人一不小心就跟不上节奏，脚踝被车轱辘磕碰得青紫红肿是常有的事。

后来搞承包了，一家一户抗旱时使不了庞大的"脚车"，便用两个人的手摇车，一推一拉之间，配合默契。无论是脚车还是手摇车，都有其中一人边唱着山歌边劳作，把一件力气活演绎得富有情趣。可是，随着旱情的持续，水位渐低，山歌声就没有了。这时候的手摇车需要两个人双手同时用力，劳动强度极大，再也没有多余的力气去扯着嗓子喊了，也有没有水车的人家土法上马，用一只水桶系上麻绳，一个人在水塘里推，一个人在岸上拉，我和父亲当年就不止一次地这么取水灌溉。

傍晚的火烧云渐渐退去，村里人在自家的稻场上洒上水降温，然后将竹凉床抬出来，就是吃晚饭的时候了。爱热闹的端着饭碗串门子，晚饭后，芭蕉扇噼噼啪啪地响着，孩子们四处追逐着萤火虫，也不失为一道乡村风景。

立秋的细雨总是如约而至，秋风起，白露凉。故乡的田野把碧绿到金黄的过程又重新演绎了一遍。蒹葭苍苍，白露为霜，晚稻也该登场了。这个时候不需要“抢”，但成熟的稻谷也容不得庄稼人不慌不忙，霜打过的晚稻如不及时收割，稻秆会变软，倒伏，收割起来就有些麻烦。大雁南飞，稻谷收上来，田野里只剩下一些脱粒过的草把子；那些草把子在绵绵的秋雨中，或三五成群靠在一起，或独自一人忧郁地偏向一隅，等着乡人们把它们挑到场院里，堆成高高矮矮的草垛。

这些都是我早年在乡下的记忆。如今，故乡的田野里从犁田、插秧到收割，都用机械化运作，抗旱抽水也用上了电，乡亲们的劳动强度减轻得多了。传统的劳作方式渐渐淡出，也许有朝一日，只会成为乡村旅游的一个表演项目了。

许多事情，一旦成了记忆，
就觉得特别的珍贵……

温暖的火炉

元旦刚过，随省文联组织的一个戏剧采风团去徽州。

穿行在粉墙黛瓦的古巷，探访徽剧童子班，漫步在九曲回环的胡宗宪故居；在被称作太极村的伏岭镇湖村，一家小卖店门口的竹编小火炉一下子引起一群女演员的兴趣，眨眼间就卖了好几只。那是一种类似于手提小笸箩的篮子，上面有一层铁丝制成的“碟子”，里面可以盛木炭，点燃木炭，拎在手里烤火取暖，既轻便，又雅致。

一个男同行也夹在女人中间买了一只这样的小火炉，人们都有些好奇，说一个大男人拎着这样的火炉烤火，一定很“娘们”。男同行告诉我们说，这火炉不是他用，是给自己的老母亲买的。我的心里陡然生出一些感动，想起了母亲在世的时候，三九寒冬也是经常拎着一只火炉烤火。不过，母亲当年拎的火炉我们乡下叫火坛子，不是竹篾编成的，而是用黄泥从缸瓦窑里烧出来的；烘火的材料也不是炭火，而是草木灰、粗糠之类。

现在的冬天显然没有早年的冬天那么寒冷，而取暖的方式也有了翻天覆地的变化。儿时记忆里的冬天总是冰天雪地，门口的池塘里能行走奔跑，茅屋屋檐下的冰凌挂下来一尺多长，晚上北风一吹，叮当有声，如同摇动的风铃。这个时候，烤火是必不可少的。

乡下人烤火的方式真可谓五花八门，除了母亲拎的那种火坛子，还有几个人围坐在一起的火桶，一般能供四五个人取暖，大都是女人们的聚会。她们一边烘火，一边纳鞋底，手中忙碌，嘴里也一定不会闲着——有的嗑瓜子，有的说些张家长李家短，还有嘴碎的女人悄声来几句单身汉、寡妇婆之间的花边闲话，说着说着爆笑起来，把个凛冽的严冬闹得温暖了许多。

就是这种能同时容纳四五个人的火桶，不同的地方也是有区别的。山里人是用杉木箍的，讲究的人家还在火桶里外涂上清漆，既暖和，又好看，烘起火来还有一种木材的清香；我们那里木材金贵，男人们就用稻草编织成“草桶”给女人们烘火，虽然没有山里人的木桶那么讲究好看，其实用性一点也不逊色。

故乡人烤火，还有一种简单得不能再简单的办法，就是四个人围着一张八仙桌，桌子下面放着一只破洋铁脸盆，脸面燃着棍子柴火之类。这种烘火，一般是四个老年人围坐在一起打牌，不是现在的扑克麻将，而是那种古老的长条纸牌。因为火盆里燃料的劣质，常常是烟熏火燎。儿时曾经听过一句俗话，叫烟熏有钱人。后来总想知道这句俗话的来历，却总也不知出处。

乡下人烘火除了拎火坛，围火桶，用洋铁脸盆，还有一种叫围火堆，一般是一大家人或者是全村人围在一起烤火，其场面之大，有点像蒙古人围着火堆或席地而坐，或就着奶茶吃羊肉，或跳骑马舞。不过老家人围火堆当然没有奶茶之类，而是一边烘火一边在火堆旁烤山芋或者烤粑粑。一堆树桩烧得越旺，预示着来年的日子越红火；乡人的脸上越烤越红，话也越来越稠。他们说着瑞雪带来的好年景，说着早春二月的农事，说着夏天狗吐舌头时的辛劳，说着秋收，说着冬藏，虽然没有酒，这冬天的火堆似乎比陈年的老酒更加浓烈香醇。我想，这就是人们常说的乡情如酒吧？

这些都是由徽州的小火炉而引起的关于早年乡下烤火的记忆。

如今，时过境迁，虽然现在的冬天远不如早年的冬天寒冷，人们却似乎比过去更加“胆寒”；而现代文明使烤火的方式也发生了革命性的变化。元月下旬，江南遭遇了据说是几十年未遇的严寒，我回了趟老家，发现乡人们的取暖方式一点也不比城里人落后，如今他们冷了，可以开空调，可以用电热毯，也可以装地暖，看看他们身上，各种御寒保暖的衣服更是五花八门。

许多事情，成了记忆，就觉得特别的珍贵，这让我又想起了早年体弱多病的母亲拎过的火坛子，父亲大雪天编成的稻草火桶，还有红彤彤的火堆四周乡人们那些淳朴而满足的面孔……

甘蔗梢子是苦的，
秆子是甜的。
我的种甘蔗的农民父亲，
把甜的那一截给了我们儿女，
却把苦的那一截留给了自己……

父亲的甘蔗

我六七岁的时候，父亲就种甘蔗。

甘蔗地是我们家老屋废墟开辟出来的园子。“三年自然灾害”的时候，三十岁的父亲为了活命，曾经逃往景德镇瓷窑场挑窑泥。后来回家，已经妻离子散，老屋也早已倒塌。重新组成家庭以后，父亲将这片屋基开辟成菜园。

记得每年二三月间，父亲从湾沚买回来几大捆甘蔗。我们兄妹几个望着那又长又壮的甘蔗，想吃。父亲从我们贪婪的目光里知道我们的心思，但甘蔗毕竟是买了做种的，他不能满足我们那贪婪的眼神，将甘蔗断成一截一截，然后在每个节点涂上煤油防虫咬，然后排在整好的地垄里，盖上塑料薄膜。几场春雨之后，天渐渐暖和起来，过了清明，甘蔗苗长出来，就该移苗栽培了。栽到地里的甘蔗苗渐渐长高，过不了多久，园子里的一大片绿色便像一大片斑茅草，微风一吹，沙沙作响。

甘蔗的生长期很长，从三月初栽下地到霜降后收获，几乎要经历整个春夏秋冬四季。这期间，父亲除了在生产队劳动，大部分时间都在甘蔗地里忙碌着——锄草、松土、灌溉，盼望着到了初冬甘蔗收上来以后，能卖点钱给我们兄妹们筹点学费。盛夏时节，甘蔗地缺水，父亲从水塘里挑水，一同浇到甘蔗地里的，还有他的汗珠子。

北雁南飞之际，父亲精心伺候了大半年的甘蔗该收获了，那是我们家忙碌的日子。父亲在园子里挖甘蔗，我们兄妹几个把甘蔗从园子里扛回来。接下来，收获的甘蔗就该卖了。父亲去宣城卖甘蔗每次都要带着我，那大都是午夜刚过，我睡得正香的时候，被母亲从暖烘烘的被窝里叫起来，我们父子俩吃点东西就上了路。父亲拉着板车，板车上装着甘蔗，我坐在甘蔗上面。天幕上挂着寒星和弯月。从我家到宣城三十里，在我童年的想象中，那已经是很远的地方了。

那时候的马路弯弯曲曲，而且有许多陡坡。父亲拉着甘蔗和我，上坡的时候气喘吁吁的，我要下来给他推车，他不让。三十里的路程走过来，一般是到了黄泥巴坎子的时候，天才大亮。早晨的宣城街上，飘荡着一股特有的气息，那是蒸包子、炸油条的店铺里传出来的。

中午，父亲买两个大馍给我当午饭，他自己嚼着从家里带来的干粮，每次都是这样。到了午后，甘蔗卖完了，我坐在板车上，父亲拉着我回家，到家的时候该是上灯火了。母亲做好了饭菜，父亲从打了补丁的衣服口袋里掏出卖甘蔗的钱，在灯下清点着，一年的辛苦劳累换成了那些零碎的钞票，父亲的满足溢于言表。

收获的甘蔗一般当年卖不完，得挖个地窖藏起来，来年开春以后再卖。父亲在门口的坎子上挖了一个地窖，将甘蔗放进窖里。但他不知道，要让甘蔗在地窖里保鲜过冬，也是很有讲究的：地窖的大小容量，地窖里的温度、湿度以及通风状况，都要恰到好处，才能保证到了第二年打开地窖以后甘蔗不会变质。许多次，父亲满怀期盼地打开地窖，里面温度太高，含有水分的甘蔗烧坏了，绿油油的甘蔗早已变质，变得黑红黑红的，散发着一股浓浓的酒糟味。看着父亲头年冬天窖藏的希望换来的却是沮丧与失望，我们也觉得心里难受。

母亲不止一次地劝父亲别再种甘蔗了，父亲固执得很。这样一来，每年春天打开地窖的时候，都是胆战心惊。甘蔗坏了，垂头丧气；甘蔗没坏，喜气洋洋。时间长了，就摸索出了窖藏甘蔗的许多经验，后来，冬天窖藏的甘蔗到了春天挖出来，就很少有坏的了。春节期间，乡下到处唱戏。父亲一边看戏，一边卖甘蔗，在他看来是一件很享受的事情。

随着时间的推移，父亲老了，腰开始佝偻，脸上的皱纹多了起来，起早摸黑种甘蔗、冬天春天卖甘蔗的“老本行”一直不肯丢弃。这时候，我们兄妹们都已经成家，劝说老人，日子渐渐地好了，虽然都谈不上富裕，却再也不指望他卖甘蔗的零钱了。父亲依然我行我素，每年都要在园子里种甘蔗。他种了几十年甘蔗，却并不知道种甘蔗的地也是要轮作的，年年种，长出来的甘蔗反而一年比一年小。

那年，父亲做完了八十大寿，我们再也不准他种甘蔗了。

不种甘蔗的父亲不久就得了病，这一病就没有好转，直到三年以后离开了我们。乡下有句俗话："倒吃甘蔗节节甜"，用这句话可以形容我们这个时代，也可以形容我们的生活。甘蔗梢子是苦涩的，秆子是甜蜜的。我的种甘蔗的农民父亲，一生也像一根甘蔗，但甜的日子少，苦的日子多——他把甜的那一截给了我们儿女，留给自己的却是苦和涩……

每天在海边流连、盘桓。
离别的日子到了，
那个美丽的城市渐渐远了，
那首旋律优美的儿歌，
还在我的耳边一遍遍回响着。

心中的那片海

——《山里的海》创作回眸

初夏的威海之夜，浪漫中带着喧腾。漫步海滨，清凉的晚风迎面吹过来，凉爽而惬意。几个小时以前，我的小品《山里的海》刚刚在威海国际会议中心演出结束，现在真实地漫步在浪涛细语的海边，思绪也就如同海波一般荡漾开来。

《山里的海》是一个和海军有关的小品，从皖南宣城演到省城，并两度赴上海演出，这次登上中国群众文化的最高舞台——文化部群星奖比赛，一路走来，从微波荡漾，到海浪喧哗，直到波涛汹涌，作为作者，真是心潮起伏，感慨良多。

小品《山里的海》创作于 2008 年。那年初夏，文化馆的一位老师找到我，请我给驻宣海军导航台写一个小品。带着对于海军神秘的向往，我前往位于沈村的导航台体验生活。我当然知道，沈村这个地方是没有大海的，当然更没有军舰。看了战士们的营房，了解了他们的生活，开了座谈会，一个好听的名字就在我的脑海里蹦出来了：《山里的海》，既富有诗意，又带着悬念。

虽然是一个军旅题材的作品，但我不可能像众多的成功作品那样，去直接表现海军战士的军营生活，因为我毕竟没有深刻的生活感受，便扬长避短，虚构了一个农村奶奶和当海军的孙子之间的故事：孙子在当海军，奶奶一直想来看看孙子，看看军舰和大海，孙子一直不肯。有一次，双目失明、得了不治之症的奶奶在村姑小月的陪同下，来到了某海军导航台。奶奶对孙子说：“我虽然眼睛看不见了，只想听一听大海，听一听海浪……”

小品交稿之后反馈的意见是：这个小品“不像小品”，没有喜剧效果，“不搞笑”。我不便解释，这些年来，不是头一次遇到这样的事情了。在有的人看来，所谓小品就是要“搞笑”，要有“噱头”。我没有必要去普及戏剧知识，去跟人家解释什么叫“小品”。这个作品也就搁置下来。

2009 年，宣城市举办全市小品小戏调演，《山里的海》才有了舞台呈现的机会。几个非专业演员在很短的时间里把它排出来了，获得了一等奖，接着在市区两级八一建军节的演出中反响很好。据说，许多观众和领导都被这个一点也不搞笑的小品感动了，我的心里才稍稍有了些安慰。不久，海军导航台将这个当初他们不看好的小品上报，参加慰问上海世博会守卫部队演出，不知是因为疏忽，还是别的原因，竟然没有通知我。

到了 2012 年，安徽省文化厅举办全省小品大赛，该作品获了个二等奖，演员和单位都很高兴，作为编剧，我并不满意，因为我对这个剧本还是很有信心的。接下来，《山里的海》走得比较顺利，先是作为安徽省的三个作品之一参加在上海举办的华东地区小品大赛，接着在春暖花开的日子接到通知，作为安徽省唯一一个参加第十届中国艺术节戏剧类群星奖的入围作品，前往威海参加复赛。

《山里的海》起点在山里，终点在海边，能达到这个高度，我也就没什么遗憾了。况且，本次群星奖大赛的复赛，除了《山里的海》，我还有一部作品《刘二嫂打呼噜》代表浙江省参赛，而且机缘巧合的是和《山里的海》同在一天亮相。作为一个小地方的编剧，有两部作品同时角逐群星奖，我也该满足了。

天蓝蓝，海蓝蓝，
我家住在大海边。
海边小城威海卫，
他的故事说不完……

本届“群星奖”戏剧小品复赛的舞台上，作为节目之间的串场，这首深情优美的歌声便会响起，以至于几场演出看下来，大家都会哼唱这首《我家住在大海边》。有人告诉我，这首歌的曲作者是谷建芬，是她为家乡威海写的。

在威海待了整整一周，看了近百个来自全国各地的优秀小品，每天在海边流连、盘桓。离别的日子到了，我们乘坐的车子已经离开了那个美丽的城市，那首旋律优美的儿歌还在我的耳边一遍遍回响着。回望一眼渐渐远在身后的威海，我想说，再见了，威海……

凤凰，我想对你说：
自从与你相识，
我把记忆带走，把心留下……

凤凰记忆

“为了你，我已等待千年。”

这是湘西古城凤凰的广告词，如此温情的词语，怎能不拨动你的心弦！这座被誉为中国最美的小城，正是用她的温婉与恬静迎接着每一位游客。

到达凤凰的时候，已是薄暮时分，古城将它的美丽一下子展现在我的面前，简直让人有点措手不及的感觉。有个形容词叫“惊艳”，用在此时我们对凤凰的第一印象是十分贴切的。

凤凰的美，美在半城山，半城水——山因为水而更加迷蒙神秘，水因为山而更加舒缓优雅；凤凰的美，美在两岸灯火，一江碧水——江水因为灯火而缠绵悱恻，灯火因为江水而绮丽迷人；凤凰的美，美在一座宁静的古城，和古城里络绎穿梭的游客——古城因为游客而更加生机勃勃，游客因为古城的美丽连自己也成了流动的风景。

凤凰的美当然不仅仅是这些。认识凤凰，需要怀着一颗宁静的心，去慢慢地感受，端着一份淡雅的情致去细细地品味，或者揣一本《边城》，沿着当年沈从文先生走过的地方踟蹰盘桓。根据旅行社的安排，游览凤凰城一天的时间也就足够了，而我却在这里待了两个晚上。仿佛不仅是为了一睹她的芳容，而是找到了早已心仪的灵魂小憩之所。我想许多人都是抱着和我同样的感受，千里迢迢、一路跋涉而来。

有一种地方，住了再久也不会厌倦，我以为凤凰就是这样的地方。

一个人独自在沱江岸边吹风，看着身背大包小包的拍客匆匆而过；或者两个人手拉着手徜徉在幽深的老街上，什么也不买，闻一闻从姜糖店铺里弥漫出来的暖暖的气息；或者一群人招摇在满是酒吧的古巷里，经不住诱惑了，就走进去喝一杯啤酒，都是这个湘西古城所给予游人的一种享受。

是的，酒吧是凤凰城里一道独特的风景。先说名字吧，凤凰的酒吧和客栈一样，有许多富有个性的名字：私奔吧，花事，那些年，如果爱，原始人……有的富有诗意，有的幽默搞笑，有的还带着那么一点暧昧。我从没有去过酒吧，不知道大城市的酒吧是什么样的。看着外面闪烁的霓虹，想象那是白领们排遣空虚寂寞的场所。凤凰的酒吧大多属于迷你型，非常简单，只有几张桌子，几缕灯光，唱的多是悠扬经典的老情歌，渲染出一些怀旧与伤感的情调。

导游说，凤凰是一座艳遇指数很高的地方。走遍古城，随着时间的推移，才发现这不过是人们的想象，或者是一句推销的软广告。其实，酒吧更多的时候还是很闹的，器乐声、喧闹声时而会穿透古巷，落进沱江里。在这样小而闹的地方，何来很高的艳遇指数？有陌生的游客说，十几年前他就曾经来过凤凰，那时是原生态的凤凰，沱江两岸基本没有游客，没有霓虹灯，也根本没有酒吧。只有江水静静地流淌，住在沱江边吊脚楼里的老人默默地织布。这才知道，如今的凤凰早已不是沈从文时代那个安静得如一泓清水的湘西边城了，但这丝毫不影响人们对它的憧憬与向往。

后半夜，酒吧里的闹声停息了，看着满城灯火，不知怎的，突然有一种不知身在何处的孤独与无助。痴痴地想，人死之后，如果有幸进了天堂，也许就是眼前这个样子吧：灯火通明，看上去华丽无比，却又是那么心无所依。

从长沙来凤凰的途中，获知莫言获得诺贝尔文学奖的消息，自然想到了和凤凰古城紧密联系的沈从文先生。据说，当年的诺贝尔文学奖评委已经投过票，沈老先生当年要是再长寿一点，就获得了此奖。有了这方水土，沈从文先生能写出如此干净的文字，也就不足为奇了。这次忍着没有去拜访沈从文墓，为的是给下次再来留下一个充分的理由。再次去一趟凤凰，不为穿梭那些幽深狭窄的古巷，不为品尝那些种类繁多的风俗小吃，甚至不仅是为拜谒一个文豪，只是想在夜晚的时候，坐在流淌着的沱江岸边，静静地看两岸的灯火，就足够了。

回到皖南之后多少天里，一闭上眼睛，脑海中就是沱江温婉的流水和岸边缠绵的灯火。凤凰，我想对你说，自从与你相识，我把记忆带走，把心留下……

我问夫子：
所谓的“君子”为何总是道貌岸然？
真正的“小人”为何总是飞扬跋扈？
这个世界上又有几人能做到“己所不欲，勿施于人”？
夫子笑而不答。

梦回孔林

曾经想象过孔林的古木参天，没有想到那古柏竟然如此之多，如此之老；曾经想象过孔林的幽深肃静，没想到这幽深竟然如此古色古香，这肃静竟然如此动人心魄。孔林前面那条长长的、两边满是千年古柏的石板道，就像是一首乐曲的前奏或者一场朝圣的序曲，走在这条路上，你的心一下子肃穆起来，让你纷繁的思绪随着沧桑古道缓缓地向前延伸——走向陵园的深处，便是从红尘滚滚的现代一步一步走向那个用竹简书写的年月，走向那个中国思想者。

导游说，孔林的游览时间是一个小时，我的心里咯噔了一下。用区区半个时辰来感受这座华夏规模最大、持续年代最长、保存最完整的氏族墓葬群，连走马观花也称不上的——一位曾经到过孔林的朋友告诉我：走读孔林，需要用心去感受、用灵魂去触摸！

幽深的茂林，参天的古木，掩映在林荫中的曲折小径，还有那数不清的历代碑林，徜徉其间，半个小时转眼过去。峰回路转，终于见到了孔老夫子的陵墓——一丘黄土，芳草葳蕤，比一般人的坟墓确乎要高大一些，但和他圣人身份相比，显得是那么渺小，真的可以像他的名字一样，被称为“丘”。

两千年的至圣先师、两千年的礼义廉耻、两千年的皇皇大儒，都浓缩成古柏环绕中的这一丘黄土。伫立在圣人的墓前，静心，闭目，怀想，沉思，我的眼前仿佛出现一队人马踏着滚滚风尘而来，孔老夫子坐着笨重的牛车周游列国，不知疲倦。孔子显然是中国文人中最懂得推销也最执着于推销的一代宗师。他推销的是自己治国平天下的主张、做人的准则、人生的教益，却屡遭冷嘲热讽，有时甚至被扫地出门。曾几何时，他是那么意气风发，那么踌躇满志。然而，用一句现代网络的话说，理想是丰满的，而现实是骨感的，一次次周游，一次次碰壁，离家别国的黯然神伤，流离失所的斯文殆尽，穷困潦倒的连吃一块腊肉也成了最大的奢望，自嘲如“丧家之犬”。无可奈何之间，只有望着落花流水感叹：“逝者如斯夫”！

自古圣贤皆寂寞。身后的名声显赫、顶礼膜拜，不知道是对圣者的聊以补偿还是莫大讽刺。后人建的孔庙孔府，院深九重，规模宏大，气势雄伟，飞檐斗拱，金碧辉煌，到处透着与皇家相媲美的霸气，但同时又掺杂了后人太多的穿凿附会。一座“泮水桥”，借泮和盼谐音，寓意读书的盼升学，做官的盼升迁，经商的盼发财，由此桥上过皆可梦想成真，可谓挖空心思，揭示出人们尊孔、拜孔、祭孔的“现实意义”和真实目的；老夫子地下有知，不知做何感想？

正想着，导游催促离开了，但我的思绪才刚刚打开，还想在这里静静地呆上半天，面对圣人，哪怕什么也不说，感受一回这里的风，这里的空气和阳光，那也是一种满足。我对同行的人说，我不想走了。他们用十分惊恐的目光看着我，那些目光似乎在问：你的“二极管”是不是出了问题？带队的领导说：“你想一个人单溜？星期一单位有个重要的会议，你要是离队，就赶不上那个会。”我只好随着人流走出孔林，走了好远还回头望了一眼，那是无奈的一瞥。

那天晚上风尘仆仆到家，躺在书房里，酣梦中我又回到了孔林。我抚摸着一棵棵古老的扭柏，抚摸着一块块高大的墓碑，仿佛又一次看到一辆马车，从两千多年的历史尘埃中辚辚而过。我问夫子：三纲五常，真的能规范家族吗？一部《春秋》，真的能治理天下吗？您的著作中出现频率最高的两个词，一个是“君子”，一个是“小人”，可是“君子”与“小人”能真正做到吗？“己所不欲，勿施于人”也难啊！

夫子笑而不答。

青檀寺里的青檀，
阅尽人间春色，看穿世态炎凉。
邂逅青檀，如同他乡邂逅一位故人；
邂逅青檀，如同邂逅一位须髯飘飘的世纪老人……

邂逅青檀

峄城，枣庄所辖的一个县；距离县城三四里远，有个万亩石榴园，又称冠世榴园。我们来的时候正是八月中旬，车子穿行在一片无边无际的石榴园中，漫山遍野的石榴正在挂果，碧绿中透出点点嫩红，煞是好看。走进榴园深处一看，就觉得此园名叫冠世榴园，未免有些文不对题，因为园内最吸引人眼球的，却是那些古老的青檀树。

檀树丛中有座古寺，名叫青檀寺。寺庙很小，简直称得上袖珍，历史却很悠久。据说始建于盛唐开元年间，为鲁南地区香火最旺盛的名刹圣地，原名为云峰寺，因山谷中长满青檀树后改名为青檀寺。

邂逅青檀，如同在他乡邂逅一位故人。身为皖南人，没有想到在千里之外的鲁南，意外地邂逅这熟悉的青檀，不禁从心里感叹一声："原来你也在这里?"

青檀，又名檀皮、翼朴、青藤，它是造宣纸必不可少的原料：泾县的山岭坡谷、河边村口，甚至农家的屋子前后，到处都是青檀。深秋时节，当地的山民们背着一捆捆新割下的青檀枝条，剥皮之后扔进石灰池中浸泡，几个月之后打捞起来，成了纤维的青檀皮晾晒在山坡上，远远望去，漫山遍野，确是一道别样的风景！

泾县人告诉我，青檀生命力极其旺盛。立春之后，割一根青檀树枝插在地上，当年就会抽出新枝，两三年之后就能收割檀枝了。宣纸年复一年地造，青檀树枝年复一年地割，因此，我所见到的皖南的青檀，大都是一丛丛的，根本没有树干。所以当地人称青檀又叫流泪树——年年岁岁经历一次又一次地刀割，不流泪才怪！

可是，见到青檀寺里的青檀，我又一下子惊呆了。皖南的青檀都是丛生的，一簇簇，一片片，我从未见过如此古老沧桑的青檀。

邂逅青檀，如同邂逅一位须髯飘飘的世纪老人。刚走到青檀寺门口，我就被两棵古老的青檀吸引了。一棵枝丫纷披，潇潇洒洒，已有千年树龄，取名“孔雀开屏”；还有一棵青檀树，树冠俨然，枝叶茂盛，根部已空，其中却有一手臂粗的小树生长其中，取名“怀中抱子”，让人叹为观止。

坐在青檀树荫之下，抚摸苍劲的树干，感受着古朴与卷劲；仰望如云的浓叶，体会了生命的真正内涵。最让人惊叹的还是青檀寺后面的那棵“檀郎”，树干长满了疙瘩，像一块块突起的肌肉；它的绿荫有半亩见方，将整个青檀寺的后院笼罩在自己茂密的枝条下。在此小憩，凉气扑面，直沁心底，称它为“青檀王”是一点也不夸张的。此树何以称为“檀郎”，据导游说是源于西晋文学家潘岳。潘岳，就是人们常说的古代美男子潘安，自称美髯公，又称“潘郎”，可是自从游览青檀寺、面对眼前这棵檀树后，被它须髯一般纷披的枝叶、志士一般倔强的傲骨所折服，觉得这棵青檀才是真正的“郎”，从那以后，潘安自名为“檀奴”，意思是在它的面前，自己只是“奴”而已！

邂逅青檀，如同邂逅记忆中的黄山松。千年古檀没有杨的挺拔，没有竹的修长，也没有银杏的伟岸，却干如榆，枝如柳，叶如扶桑，扎根于岩石的缝隙里，石与根难解难分，几乎融为一体，有的根硬是撑裂了山岩。它们有的随岩隙负势而上，有的顺岩石就坡而下，且都在岩隙外堆积成或粗或细曲曲折折的瘤根，即便是扭曲、顿挫甚至丑陋，也丑得有自己的个性，绝不迁就，绝不雷同。

穿过青檀寺的山门，又是一处别样的风景：路边树木葱茏，路上浓荫匝地，左有檀湖水落石出，右有峭壁湿苔青荫。漫步路上，心情被自然的美景所融化，间或有鸟语花香袭来，让人感觉置身于江南的深山幽谷之中。山路崎长，满目浓郁，越往深处，心思愈静。仿佛这一段路是虔诚的心路，林壑之静，宛若佛之安详；似乎这也是一段宁静的佛语，不在耳边，却入心灵。生长在淡泊贫瘠的环境，却把荫凉奉献给路人，这不正是青檀的品格吗？

离开青檀寺的时候，我回望一眼，记住了廊柱上那副对联：

晨钟暮鼓警醒世间名利客

经声佛号唤回苦海迷路人

这让人深思更让人困惑的青檀寺啊！读了这副楹联，我似乎懂了，青檀寺里的青檀，阅尽人间春色，看穿世态炎凉，什么样的风霜雨雪它们没有感受过？什么样的天崩地裂它们没有经历过？什么样的沧海桑田它们没有见证过？什么样的悲欢离合它们没有目睹过？有过如此经历，什么虚名浮利，什么钩心斗角，什么金钱地位，不过是眼前飘过的一片浮云而已；青檀老人的眼中只有日出的精彩，日落的从容；只有山高无语，水深淡定；只有“青山依旧在，几度夕阳红”。

邂逅青檀，我的心为之震撼……

桃花潭以桃花为酒曲，
用真情发酵，伴着清风明月，
带着江南特有的芬芳；
海量的诗人浅浅地饮了一口，就已经醉了，
伴着桃花流水，一醉千年……

桃花潭畅想

桃花潭是一幅流动的水墨丹青。

在这里，桃花与潭水相映成趣，相辅相成。桃花的艳丽将一汪潭水染得一片殷红，碧绿的潭水又使岸上的桃花美丽动人：没有桃花的潭水，便少了水的灵动；没有潭水的桃花，便少了诗的情韵。

毫无疑问，桃花潭是因为李白闻名遐迩、名扬天下的，准确地说，是因为李白和汪伦的一段佳话。“桃花潭水深千尺，不及汪伦送我情”，没有文采飞扬、异峰突起的文字；没有雕琢、平常得近乎大白话的两句诗，却被人传唱了一千多年，并将一直传唱下去。

读书或者看戏，总是被古代男女忠贞不渝、死去活来的故事而感动，没有想到两个男人之间的君子之交，竟然也能如此打动人心。都说真正的朋友能够做到心照不宣，仰慕诗仙的汪伦显然心仪李白已经很久，告诉他说这里有“十里桃花，万家酒店”，正中诗人的浪漫情怀。

一场新雨之后，潭水绿了，桃花开了，那是怎样的绿，那是怎样的红！那绿胜过翡翠，那红胜过胭脂，真个是山如青黛水似酒，醉了桃花也醉了心。

桃花潭边，掩映在桃花丛中的万家酒店充其量只能算个乡村酒肆，店里的老酒对于豪饮天下的李白来说，肯定谈不上名贵。“兰陵美酒郁金香，玉碗盛来琥珀光”，曾经激发过诗仙多少奔放的灵感；钟鸣鼎食的皇宫，他享受着“龙巾拭吐，御手调羹”，然后醉卧长安，吟啸狂歌，那又是怎样的豪情！透过琉璃杯中的玉液琼浆，嗜酒如命的他看出了人情的淡薄，世态的炎凉，更知道酒有多种喝法：肝胆相照的朋友喝酒，敞开心扉，不醉不归；心怀叵测的小人喝酒，各揣心机，口是心非，皮笑肉不笑，怀顾左右而言他；独自一人喝酒，则是愁肠百结，举杯邀明月，对影成三人。

只有这皖南的美酒，用潭水为缸，用桃花当酒曲，用真情发酵，伴着清风明月，带着江南特有的芬芳捧到李白的面前，海量的诗人浅浅地饮了一口，就已经醉了，一醉千年。至今我仍然相信他还在醉卧桃林，酣然入梦。

阳春三月，携一位朋友循着李白的足迹，走进幽深的小镇古巷，踏歌古岸把酒临风，狂歌一曲，似乎懂了：真正的诗歌没有冷僻的词句，没有深奥的雕琢，却让人过目难忘，千古吟诵；真正的朋友就如同这眼前的桃花潭水，深似千尺，却又清得见底……

大海啊，今后我想你了，
就去老家叠一只纸船放进溪水中，
让它一路漂向你的怀抱——
那纸船里装满了我的思念与祝福……

聆听大海

威海的东山宾馆依山而建，像个没有围栏的公园。我们住的一楼窗外五十米就是大海，安顿下来之后，欣赏着窗外的景色，让我觉得住上这么好的海景房是不是一种奢侈。

那五十米是一个山坡。从宾馆出来，穿过一条树荫中干净的柏油路，沿着山坡上一条幽静的石阶而下就到了海边。坐在岩石上，身边浓浓的潮湿不知是水雾还是细雨。海水一波一波地在脚下起伏着，喧哗着，涌过来，撞上礁石，又缓缓退去，不急不躁，从容而淡定。

我曾经到过三亚，在柔软的沙滩上漫步，与海水零距离接触。可是三亚的海边喧闹，人多，也很嘈杂。现在，坐在威海的海边，四周只有我一个人静静地享受着大海带给我的浩渺与宽阔。我对自己说：这才是我喜欢的海，才是我梦中的海。时令正值初夏，身后的山坡上长满了松树，碧绿的松针连成一片，黄褐色的松毛铺在地上厚厚的一层，跟我们皖南的山坡没什么不同。海边小径两旁的藤蔓植物开满了细碎、鹅黄的小花，全然没有南国海边椰子树的高大、棕榈的张扬，当然更没有红男绿女的人头攒动。一个人安静地坐在这样的海滨，这样默默地聆听大海的呼吸，不失为一次难忘的经历。

晚上躺在床上，一觉醒来，大海的潮声竟然听得十分真切。一声，一声，仍旧是从容而淡定。窗外没有月亮，而且还下着雨，雨滴落在竹叶上的声音和不远处的潮水声相映成趣，仿佛是一首乐曲中的两个不同的声部。

我曾经聆听过山涧的溪水声，清脆的潺潺之声让我肺腑清凉；我曾经聆听过黄山的松涛声，那巨大的轰鸣让我惊心动魄；我曾经聆听过九华木鱼声，那飘散在檀香里的悠扬之声伴着佛教音乐特有的魅力让我如梦如幻，不知身在何处、不知今夕何年。如今，坐在大海的身边，聆听大海的潮声，我觉得这声音就像一个老者——一个我尊敬但不常见面的老者，就在我身边娓娓地讲述着什么。他没有哲人般的高谈阔论，也没有圣贤居高临下的说教，只是在和你倾心而谈，你有没有聆听他也并不在乎。

面对这样一位“老人”，我突然有了倾诉的欲望，想和他诉说我的过去，我的内心，告诉他我曾经的无知与轻狂，曾经的豪情与理想，曾经一路走过的艰辛与彷徨。还有那曾经失落的友谊，曾经迷失的爱情，曾经蹉跎的岁月，曾经在受伤的时候怎样找个没人的地方默默地抚摸与疗伤……

大海不是我的故乡，但可以成为我的挚友。此时，平常不愿说、不能说、不想说的话都可以说给大海听。不想从他那里得到答案，只想和他交心。

第二天，是个晴朗的日子，我又来到海边。海水比昨夜还要平静，海岸一道弧线勾勒出眼前这个城市优美的轮廓，那些海边建筑许多都是红色的屋顶、黄色的墙壁，看着让人赏心悦目，和半圆形的海湾共同组成了一道美丽的风景线；不远处的刘公岛清晰可见，目光再遥远些，那雾蒙蒙的尽头据说就是大连，更加遥远的地方就应该是韩国了。

一连几天，我总喜欢坐在海边，聆听大海，也把心里的话向大海诉说。面对大海，可以戒除内心的浮躁；面对大海，可以忘却心头的烦恼；面对大海，可以让自己的胸怀开朗起来，宽阔起来。

几天之后，我要走了。离开之前，我又一次来到海边坐了很久很久，从夕阳西下直到无边的夜色铺满了整个海岸。成群的海鸥在我的眼前飞着，叫着，海水依旧，涛声依旧。我想对大海说：“谢谢你，谢谢你这些天来愿意倾听我心灵的诉说。”都说海纳百川，小溪把江河当作自己的归宿，江河把大海当作自己的归宿，我不知道，老家门前那条我儿时无数次嬉戏过的溪水，是不是也流到了你这湛蓝湛蓝的海湾里。如能真的这样该多好！真的这样，今后我想你了，就去老家叠一只纸船放进溪水中，让它一路漂向你的怀抱。虽然遥远，有朝一日你终能看见它，那纸船里装满了我给你的思念与祝福……

花六十块钱到皇宫的红墙下美美地晒一回太阳，
觉得也不算昂贵；
只是不知道现在的门票涨价了没有？

在故宫晒太阳

曾经三次去过北京，前两次来去匆匆，京城的一些名胜古迹都没能来得及观看。第三次是一年前的那个冬天，趁着北京市文联邀请编剧参加剧本展销会之际，决定好好逛一逛这个天子脚下的都城，故宫、天安门当然是必须到的地方。

当年做中学语文老师的时候，初二语文有篇课文名叫《故宫博物院》，因为没有到过北京，站在讲台上给学生们讲解这篇文章的时候没有一点感性认识，只能向他们照本宣科。没想到真正走进这座中国历史上的伟大建筑，却是在三十年以后。记得《故宫博物院》里说，“用一天的时间看完这座宏伟的建筑”，可是我随着密匝匝的人流走马观花看了一遭，也就用了两个多小时。

从天安门广场的金水桥上走过，穿过城楼下的红墙大门，庞大的故宫建筑群豁然出现在眼前。之前，影视剧中多次展现过这座皇宫的森严与浩大：皇帝在这里指点江山、发号施令；身穿长袍马褂、戴着“红顶子”文武大臣在这里议论江山社稷，无不告诉观众皇宫禁地的神圣。如今我等平头百姓花上六十块钱也能四处逛逛了。

出了午门，向北望去，对面就是著名的白塔。天公作美，这是一个难得的晴天。据说深受雾霾之苦的京城这种蓝天如海的日子已是不多见了。只见蓝丝绒一般的天空下，白塔显得格外玲珑。那首曾经感动了一代又一代人的儿歌在耳边响起：

让我们荡起双桨，
小船儿推开波浪；
海面倒映着美丽的白塔，
四周环绕着绿树红墙……

很想穿过马路，去马路对面与颐和园里的白塔来个零距离接触。不知为什么，故宫北边的门却不准游客进出，只得沿着原路返回。这时候，灿烂的阳光暖暖地照着故宫，四面都是红色的高墙，一点风也没有。心想：花了六十块钱，京城这么好的冬日阳光何不好好地享受一回？于是在太和殿前的院子里找个角落坐了下来，一边晒太阳一边胡思乱想。

这太和殿就是民间俗称的金銮宝殿，不知当年那些一代又一代的天子们有没有像我这样静静地坐在这里晒过太阳？如果要是以前，一个乡下小儿居然混进皇宫晒太阳，会是什么下场？至少也会被杖责一通，鼻青脸肿被逐出紫禁城。

曾经在网上看到一个很有名的网名“故宫蟋蟀”，不知道故宫里的蟋蟀长得什么样？是不是比别的蟋蟀个头大、叫声响、更好斗？有句俗话叫宰相门童七品官，这故宫里的蟋蟀肯定和我们乡下断壁残垣下的蟋蟀是不一样的。

自古以来，普天之下的奇珍异宝都被送到这里来朝贡，莘莘学子跋山涉水来这里考状元、求功名，怀揣理想的人宁愿千辛万苦也要到这里来“京漂”……

这样想着，花六十块钱到皇宫的红墙下面美美地晒一回太阳，觉得也不算昂贵。

乌镇，一个和我气味相投的江南古镇
——宁静，淡泊；
烟起雾落，云蒸霞蔚，草长莺飞，花开花落，流年似水。
徜徉于乌镇的夜晚，让你心的深处仿佛被一只大手抚慰着……

乌镇：我的梦里水乡

造访乌镇之前，查阅过许多相关的文字，如同要去拜见一个知名度很高却一直未曾谋面的人，总想对他有更多的了解。从那些文字中我知道，形容乌镇，可以有很多的比喻：乌镇像一首抒情诗，温婉而浪漫；乌镇像一个身着印花布的江南女子，恬静而淡雅；乌镇像一幅画，既有丹青染成的烟雨迷蒙，又有工笔描出的古巷幽深……

电影《似水年华》这样描述乌镇——

> 那是中国南方的一个水乡小镇，古旧、清净、安详而且幽静。那里有高高的屋檐，黑黑的窗棂，长长的青石路，窄窄的街衢，幽幽的水巷，瘦瘦的乌篷船；烟起雾落，云蒸霞蔚，草长莺飞，花开花落，流年似水。

作为一介文人，是无论如何也难以经得起如此优美文字的诱惑，于是，金秋时节，我和好友一起踏上了这个心仪已久的地方。

临街的梧桐树叶开始枯黄，街道两旁的店老板很少吆喝，慵懒的古运河，慵懒的游人，连正午的阳光也变得慵懒而倦怠。临河的长亭和美人靠仿佛就是善解人意的古人为今天这些徜徉在慵懒中的游人设计的。走得有些倦乏的时候，懒散地往那长椅上一靠，感觉时光就如同眼前的流水，慢慢地、缓缓地，慢得如儿时母亲唱的摇篮曲。

和中午的慵懒相比，我独爱乌镇的夜晚。

乌镇的夜晚，如一杯清茶，淡淡的，是用当地那种胎菊泡开的花茶，适合一个人在晚霞满天的黄昏中独自细细地品味。怀旧和伤感，也许正是乌镇黄昏的主旋律。金灿灿的夕阳映照着幽长曲折的回廊，仿佛就是一条时光隧道，将你的目光循着灯火璀璨的白莲古塔，一直牵引到千年流淌的京杭大运河边。这里曾经是一个水陆码头，客船一艘接一艘驶过，想象着当年的黄昏，残阳如血或者烟雨蒙蒙之中，这里曾有过多少离情别绪。温婉的怀旧，浅浅的感伤，这也许正是那些类似于《似水年华》《美丽无声》的影视选择在这里拍摄的原因。

乌镇的夜晚，如一杯红茶，酽酽的，适合两情相悦的恋人相对而坐，慢慢地啜饮。夕阳最后一抹余晖渐渐散去，起风的黄昏，望着西栅那条白天刚刚走过的老巷，深得一眼望不到尽头。

沿街的红灯笼一盏盏亮了起来，一下子让这个古镇生动了不少，感觉怀旧与伤感之中，又多了几分神秘，几分暧昧。沐着初秋微凉的夜风，选一座拱形的石桥，坐在桥上看着暮色渐浓的乌镇，目光仿佛越过千年，听到对面阁楼里传来的吴侬软语，琴声悠扬。或者找一个小馆，选个靠窗的位置坐着，竟然恍如隔世，连街巷里悠闲而过的人们，也仿佛就是那些吟出“碧山本岑寂，素琴何清幽”的古人。此时，虽然身处异地，却浑然没有他乡之客的漂泊之感。身边有一位懂你的人，眼前有一片养眼的景，欸乃的桨声如一支古老的歌，天上的明月落在河水的涟漪里，真的好想时光就这么停住。

乌镇的夜晚，如一杯铁观音，适合三五个朋友坐在乌篷船上畅饮。小船悠悠，河水悠悠，让人感怀岁月的悠悠。想象着多少年前，小镇还是清水悠悠的时候，摇着折扇、身着长衫的文人骚客们也是乘着我们今天坐的这种小船，荡舟河上，船头挂一盏马灯，也许就是伸手舀着船舷边的清水，煮一壶香茶，对着东边夜空那一尘不染的明月，吟一首“桨声划开水边月，梦里煮茶两岸香”。

不远处有老戏的声音传来，原来是个露天的茶楼。明亮的灯火下，几个粉墨登场的公子佳人拖着水乡特有的腔调，演绎着一段男女离情，咿咿呀呀，声音如江南的春水一般缠绵、温情；看的人不多，脸上满是陶醉与享受。是啊，世俗纷扰，红尘滚滚，人们光鲜的外表早已掩盖不了心灵的倦怠与疲惫，灯红酒绿繁华迷眼，就想找个安静的茶楼，栖息一下自己的灵魂，水乡乌镇便是这样的一座茶楼。

乌镇那个秋夜，我和好友沐浴着一轮满月的清辉，坐在狭窄的小船上。小船穿过一座座石桥，据说乌镇的每一座石桥都有一个好听的名字，每一座石桥的桥墩上都有一副或文采飞扬、或耐人寻味的对联。遗憾的是，匆匆一瞥之间，我不仅没有知道那些桥的名字，桥上的那些对联更是一副也没有记住。不过也没关系，留待以后吧，一处风景，没有必要将它一览无余。

桨声灯影里，小船渐渐停靠在河埠头。不足半个小时的行程，恰到好处。上得岸来，回望一眼刚刚游过的水路，两岸屋檐下的灯笼静静地红着，游船的灯火缓缓流动，动静之间，河水如同染了胭脂一般，让人觉得眼前的一切，仿佛是一个缥缈而绮丽的梦……

是的，徜徉在乌镇的夜晚，不仅如同品味一杯香茶，更像做着一场梦。临行之前，同伴从网上看过一家旅馆里有一种古老的雕花床，便定下了那家旅馆。同伴说，不知道那是明朝的管式架子床，还是清朝的拔步千工床，或者近代的刻花围栏罗汉床；能在那床上睡一晚上，做一个美梦，那梦也一定是古色古香的。遗憾的是我们到达乌镇的时候，那雕花老床已经被人捷足先登了。

其实，在我的眼里，整个乌镇就是一张百年老床，纵横交错的老巷是它的卯和榫，一处处雕梁画栋的深宅老屋是它镂空的装饰，白墙黑瓦、小桥流水、枕河人家仿佛就是明清时期那一方风景定格在这张雕花床的帘子上。这张紫檀木做的老床，成色虽然有些斑驳，却历经世事沧桑，见证了许多的人间悲欢。

客居乌镇的那个月明之夜，虽然没能睡上雕花床，我却做了梦。我梦见宽大的场院里挂满了蓝色印花布，在高高的竹竿上随风摇曳，满眼都是，像一幅幽蓝沉淀的油画。蓝花布的背后不时闪现一个美丽的丁香女，她那天真无邪的笑脸让我如醉如痴；我梦见自己拉着心爱的人在乌镇的街巷里徜徉，踟蹰，徘徊；分手的时候，她走向老巷的那一头，我久久地望着她的背影。突然，她朝我回眸一笑就不见了，我在亭与廊、桥与水、巷与院之间奔走、寻找，心中怅然若失。一觉醒来，窗外明月正圆，身边的乌镇还自顾自静静地睡着。莫名其妙地心一软，一颗泪水滑落枕边。啊，如梦如幻的乌镇，好似这里有着我的前世今生……

这就是乌镇，一个和我气味相投的江南古镇：宁静，淡泊；这就是乌镇的夜晚，一个徜徉于此让你心的深处仿佛被一只大手抚慰着的如幻如梦的夜晚。

小镇上的时光悠闲而缓慢，

练江却是一路匆匆，不舍昼夜。

如今，繁华散尽，物是人非，

徽商早已成了历史遗迹。

只有破败的码头在向人们诉说着那些亘古不变的陈年往事……

惆怅的渔梁

有着八百年历史的渔梁镇，静静地坐落在古城歙县的练江岸边。

走进渔梁镇的时候，是一个夏日的黄昏，天上飘着若有若无的细雨，鹅卵石铺成的老街幽深而有些潮湿。据说，整个古镇像一条大鱼，鱼头、鱼腹、鱼尾、鱼脊样样俱全。街道的两边，有许多短而狭窄的巷子，一边通向公路，一边通向练江岸边，这些巷子应该就是一根根鱼骨了。

渔梁镇是一条露水街，黄昏时分，游人稀少，连两边的住户、店铺也都大门紧闭，偶尔遇到一家在街上起煤炉，或者还有一家面街的厨房里正在炒菜，那浓浓的烟味或油香味便在街道上久久飘荡，更增添了小镇的落寞与清静。

走进一座名叫崇报祠的老屋内，脚步慢了下来。徽州的古祠堂看过不少，大都高大气派，庭院深深，透着家族的威严，走进去立刻感到一种凝重与压抑。眼前这座崇报祠简单的高低两进，没有老祠堂的高大森严，里面供奉的是历次修建渔梁坝做过贡献的商人、有功之人。雨后的斜阳从天井的上方照进来，柔和而亮堂，几株盆栽更是绿油油的，呈现出勃勃生机，甚至和小镇的落寞与寂寥形成了鲜明的对比。

穿过一条巷子，沿着河埠头行至渔梁坝。渔梁坝显然是因小镇而得名，被人称作徽州的都江堰。以渔梁坝为界，上游叫练江，下游叫新安江。荡舟练江之上，岸边古代码头的遗迹一个个在眼前展现开来。撑船的导游指着那些斑驳残旧的临河石阶告诉我们哪座是盐码头，哪座是茶叶码头，哪座又是大户人家专有的私人码头。

渔梁古镇对于祖上的徽州人来说，一定有着非同寻常的意义。当年，他们就是从这里出发，背井离乡，沿着九曲回肠的新安江外出“讨生活”。年复一年，有的在外面发了财，荣归故里，也是从这里上岸，踏上渔梁镇的那一刻，一定是脚步匆匆；有的半生流离，一世奔波，直到客死他乡之前也再没有回到渔梁，小镇成为他们心中至死也难以割舍的记忆。

透过黄昏一层薄薄的雨幕，我仿佛看见当年的练江码头人来人往的繁忙，仿佛看见“十三四岁，往外一丢”的徽州少年背着褡裢告别娘亲的依依不舍。小镇上的时光虽然悠闲而缓慢，练江一江清流却是一路匆匆，不舍昼夜。如今，繁华散尽，物是人非，徽商早已成了历史遗迹，喧闹之后，只有那些破败的码头在向人们诉说着那些亘古不变的陈年往事。

第二天清晨，离开徽州之前，我又一次独自来到渔梁坝，不知为什么，坐在渔梁镇的人字码头边，默默地，我的眼泪都要下来了。漫步在河滩上，捡几块石头带走。回头看一眼古老的小镇，心中陡然升起一种说不出的惆怅……

从谷底抬头望去，
湛蓝的天上没有一丝云彩，
像一块画布；
让人怀疑是不是真的有如此干净的天幕，
忍不住想伸手触摸。

汀溪游记

一、山水长卷

汀溪离我们并不远，早该来了。

关于旅游，其实我们家门口就有许多值得一去的地方，然而很多的时候，却是坐着火车飞机长途跋涉，走马观花、一目十行地去看远方的风景，这种心态也许就叫做“舍近求远”吧。

初秋时节，刚刚从千里之外的北方归来，便和好友一道前往泾县的汀溪。泾县的许多地名都好听，像琴溪、查济、榔桥、孤峰等等，如同一个饱读诗书的家长给自己的孩子起的学名，汀溪便是其中之一。

汀溪风景区有个诗意的名字“水墨汀溪”。如果说这里是一幅山水画卷，这幅画卷的精彩从我们乘坐的车子驶出泾县不久就开始了。九曲回肠的盘山公路，每一个拐弯，都将一幅全新的风景展现在我们面前。司机是当地人，一路上不停地介绍着山路的曲折与险峻。其实不用他介绍，我们早就打开车窗，贪婪地呼吸着窗外的空气，欣赏着流动的美景：盘旋而上的山间柏油路，两边青黛色的山崖，以及偶尔出现在眼前的那翡翠般的湖水，带给我们的是一次又一次的感叹与惊喜。

刚刚下过一场雨，车子爬上了被当地人称作上九里的山间公路最高处，向下望去，只见雨后的青山苍莽流翠，白云舒卷，竹海无边，这才似乎明白了什么叫回归自然，也似乎懂得了为什么看破红尘的高僧都把修行的庙宇建在大山里。

一路的风景如此养眼，名叫“水墨汀溪”的地方一定不会让人失望。这么想着，恨不能立马扑进那山那水的怀抱。

二、濯足清溪

如果说汀溪是一幅水墨长卷，南山幽谷显然是这幅长卷最为精彩的风景之一。这里两岸青山，如刀砍斧削，少了些苍翠，却多了雄奇；这里的溪也许是因为枯水季节的缘故，少了些奔腾的气势，却多了温柔缠绵。

谷，真的很幽，幽静得让人仿佛能听见自己的心跳；从谷底抬头望去，湛蓝的天上没有一丝云彩，像一块油画布，让人怀疑是不是真的有如此干净的天幕，忍不住想伸手触摸。

溪，真的很浅，浅得能看见如绣花针一般的小鱼儿或三三两两或成群结队地嬉戏；浅得能看见水下的鹅卵石有各种各样的颜色；浅得能看见纤细的水草随着水流妙曼地起舞。

当然，寂静的幽谷也不是一点声音没有。树林里的一声鸟鸣，溪水穿过岩石跌落，都会被这幽谷放大——到了这里，你才能真切地感受到什么叫“鸟鸣山更幽”，而那浅浅的溪水落入清潭竟然发出让人难以置信的轰鸣。

在这里，幽静和奔腾是如此的和谐而统一。

有溪必有桥，才不失为画中的风景。汀溪上也有许多处桥，有的是原木搭起的木桥，有的是绳索架起的栈桥，有的干脆就是几个石墩。在南山幽谷的石墩上，我和同伴不想走了。如此清冽的溪水不洗一回脚，实在是枉来一遭。于是面对面坐在石墩子上，将脚伸进水里。那是一种怎样的感觉？凉润润，麻酥酥，偶尔有调皮的小河鱼掠过脚背，你都不忍心动弹，生怕破坏了那份享受。想到城里的洗脚屋，那些各种各样的泡、搓、捏、揉、按，哪有眼前这溪水流过脚背来得舒坦惬意！濯足清溪，仿佛不是洗脚，而是洗心。

啊，汀溪的水，你不是酒，却让我们陶醉了……

三、农家夜宿

晚上宿在一个万姓的农家乐人家里。

这是一个不大的村子，好像是汀溪的上游。万家临溪而居，门前的园子里一畦韭菜正长得葱绿，架上的苦瓜到了打枝的时候，树上的柿子离成熟还早，全都躲在碧绿的树叶里青涩着。同伴点了三个菜：猪腰炒毛豆、红烧小河鱼、韭菜炒鸡蛋。姓万的女主人说，前天刚杀过一头猪，小河鱼是男人刚从汀溪里网上来的，鸡蛋是自己家的母鸡下的，只是毛豆有些老了。

淡淡的暮色里，万家的男人将一方小桌搬到老屋的场院上，三个绿色农家小菜端上桌子，面对着山的朦胧，溪的浅唱，心情也像汀溪的流水，清澈得看不见一星半点的尘埃。一瓶啤酒喝到一半，邀请万家夫妇一起用餐。夫妻二人也不推辞，端来他们中午吃剩下的菜肴，拿过几瓶啤酒，边吃边谈。说他们的儿子，说他们的日子，让人觉得，陶渊明写的那片桃花源也不过如此吧。

夜，就在我们的饭桌上来临了。同伴说到了这里，才知道什么叫夜色如墨。不想待在屋子里，想到村前的路上去走走，刚上路就遇到一条蛇，想到眼下正是山里毒蛇出没的季节，我们只好折返回来。

坐在农家乐的场院上看天，也觉得富有诗情画意。屋子的西边是几棵古老的槐树，下弦的月亮还没有出来；东边是屏风一般矗立的山梁，山梁上方便是缀满繁星的天空。仰望星空，望得久了，好像自己的身心也渴望飞起来，想轻飘飘地融入那片浩瀚之中。有多少年没有在夏天的夜晚看过星星了？我说不出，同伴也说不出。回忆起儿时的夏夜在凉床上一边看着月亮，一边数着星星，一边唱着歌谣："天上一颗星，地上一个人""月亮粑粑，照见他家"；或者提着用鸭蛋壳和萤火虫做的"灯笼"走在乡村的稻场上，唱着那首"萤火虫，像灯笼；飞到西，飞到东……"

此时此刻，我想到了一个词：浪漫。我以为，浪漫不只是在酒吧里品酒，不只是在音乐里起舞，不只是远涉千里去看草原，看大海；其实，有时候浪漫很简单，与好友静静地坐在乡下的场院上，看星空璀璨，听溪水叮咚，比唱歌、跳舞、看大海一点也不逊色。

呵，汀溪，那个浪漫的夏夜，注定是我记忆中永恒的风景！

朱宗怀对自己说，

这一辈子我有过太多的漂泊、太多的坎坷、太多的思念。

如今，疲惫的心就是这艘归来的船，

泊在故乡的山冲里，再也不走了……

洋船屋猜想

朱宗怀离开老家泾县黄田的时候，应该是十三四岁的年纪。

那是一个春天的早晨，东边的天空泛出一片鱼肚白，层层叠叠的山岭还氤氲在一片没有褪尽的夜雾之中。黑色的山崖湿漉漉的，黑色的老屋湿漉漉的，黑色的石板路也是湿漉漉的；村口那棵古老的枫香树枯叶早已落尽，新叶还没有长出，如同一个佝偻的老人。

母亲站在枫香树下，按照当地的风俗，将一根长长的麻绳拴在朱宗怀的腰上，一道一道，拴得柔肠百转、拴得泪眼婆娑。

朱宗怀知道，一旦系上这根麻绳，他就是大人了。当地的风俗，男人在外出谋生的路上是没有退路的，要么带着这根麻绳去闯荡出一片属于自己的天地，要么就用这根麻绳悄悄地结束自己的生命。朱宗怀母亲的麻绳有些不一样，昨天晚上在昏黄的油灯下，她将那根长长的绳子打了许多的结，每一个绳结都默默许下了她的心愿与祈祷。

朱宗怀腰间系着麻绳、背着母亲为他缝制的一只蓝色花布褡裢上了路，那只褡裢背在少年朱宗怀的肩上，大得有点夸张、有点不协调。望着儿子瘦削而稚嫩的背影，母亲心里空空荡荡，仿佛魂儿也系在儿子身上那九连环似的绳结里，所有的牵挂都装进了那只褡裢袋中。

山路弯弯，九曲回肠。朱宗怀迎着晨风走了好长一段路，回望一眼山下的村子，母亲还伫立在那棵老枫香树下；看不见她的神情，也听不见她的叮咛，只看见一只手在朝他挥着。他翻过山崖，走过故土；穿过阡陌，涉过溪水，来到一个古渡口，然后沿着新安江顺流而下。两岸青山如画，江水如流动着的翡翠。

十三四岁的朱宗怀先是在杭州、上海等地给人当伙计，后来有了自己的店铺，做茶叶、蚕丝、古董生意，而且越做越大，离家也越来越远，竟然到了海外。

从此，每个月的十五看到一轮明月从苍茫的大海上升起，朱宗怀总是想起大山褶皱里的故乡，想起故乡的那轮明月：又圆又大的红月亮挂在自己家茅屋的窗口，窗外屏风似的大山成了一个巨大的剪影；潺潺的小溪从窗前流过，伴着竹叶的萧萧，田野的蛙鸣。故乡远在千里之外，母亲远在千里之外，浸泡在酒杯里的相思只能遥寄那轮明月，带到母亲的床前。

也不知送走了多少个月圆月缺，经历了多少个春夏秋冬，已经人到中年、成了大老板的朱宗怀，对于母亲的牵挂、对于故乡的思念日复一日，日甚一日。终于他熬不住那浓浓的乡情，踏上了回家的旅途，像一只燕子，归心似箭，一路风尘，心早已飞到了那个青山绿水、风景如画的皖南小山村。

朱宗怀终于看见了村子，看见秋阳下的那棵老枫树，当他看见白发苍苍的老母亲站在枫树下引颈张望的时候，大喊一声“妈”，突然双膝跪了下来。村里人告诉他，自从他走后的第三个年头，他的母亲总是在这棵老枫树下眺望着——先是每逢过年过节，后来是每天每天，一遍又一遍地呼唤着儿子的小名。

一别数十载，母亲老了，满头的青丝变成了白发。

母亲问儿子在哪里做生意，儿子说在遥远的地方，隔山隔水。

母亲又问儿子，隔山隔水是怎么回来的，儿子说坐船——一艘大洋船当年把他带到了海外；今天，又是一艘大洋船把他带回祖国，他才能回到故乡。

母亲没有见过洋船，相信那一定是世界上最神奇的东西。

朱宗怀说：“妈，和我一起走吧，坐着大洋船，漂洋过海，儿子如今发财了，在那个隔山隔水的地方成了家，买了房子，娶妻生子……”

母亲摇摇头，长长地叹了口气。她说，她老了，一双小脚走不出这一层层的大山；再说，就是能走得动，她也不想离开这块熟悉的土地。她对朱宗怀说："儿啊，你现在有钱了，妈也老了，我只有一个心愿：给我做一口上等的棺材，请木匠把棺材做成那个大洋船的样子。妈这一辈子没有福气跟你坐上大洋船去漂洋过海，死后就让我把那棺材当作洋船坐上一回吧，让船头朝着东边——那里有我的儿啊。"

朱宗怀眼泪下来了。他没有给老人做棺材，而是花了一笔钱，把自己家的老屋做成了一艘大洋船的模样。房屋做好以后，朱宗怀背着母亲来到村前的山上，指着山下自家的新房子问道："妈，你看，我们家的房子像什么？"

母亲一看，眼泪也下来了：儿子新盖的房子多像一艘大洋船啊，船头向着东方航行。

几天以后，朱宗怀走了，要去打理他的生意；从那以后，母亲每天待在洋船屋里，不愿离开一步，直到她老去。

几十年后，同样是老态龙钟的朱宗怀回到故乡定居。他跪在母亲的遗像前放声痛哭，为当年不能放下生意、没能给母亲养老送终而深深自责。如今他自己也老了，才深深体会到，虽然他花钱给老人造了一座洋船屋，却无法慰藉老人那思念的心，那孤独的灵魂，那一个又一个寂寞的日子。

落叶归根，故乡是游子永远的港湾。朱宗怀对自己说，这一辈子我有过太多的漂泊、太多的坎坷、太多的思念；如今，疲惫的心就是这艘归来的船，泊在故乡的山冲里，再也不走了……

沈园里的一缕桂香，
仿佛给这个充满了凄美与伤感的园子
带来了一丝清新与惬意。
桂香深处，我宛如听到一句叮咛：
人生苦短，好好珍惜身边的爱……

流连沈园

流连沈园，不仅是为了欣赏这里的一方风景；流连沈园，更是为了重温一个凄婉的故事，为了凭吊一段断肠的爱情。

看过茅威涛主演的《陆游与唐婉》。越剧显然是最适合表现生离死别的一个剧种，凄婉的音乐加上名家的倾情演绎，台上唱的人柔肠百转，台下看的人热泪盈眶。那时候，就想去绍兴，看一看陆游，看一看唐婉，看一看那堵题着“红酥手黄滕酒”的老墙。

记得母亲不止一次地感叹着对我们说，梁山伯和祝英台、董永和七仙女、牛郎和织女其实都是同一对男女，他们曾经在人间犯下过大错，所以阎王爷要让他们经历七世的婚姻磨难。阎罗显然是最可怕的角色，这么残忍地扼杀爱情，他是完全能干得出来的。他深知，惩罚那些爱情至上的痴情男女，最好的办法不是摧残他们的肉体，而是要让他们一世又一世历经婚姻的折磨，正所谓求生不得，求死不能。陆游和唐婉肯定不属于这七世之列，因为母亲说的那些老戏里的角色，大都在传说中，而陆放翁和唐婉则是两个活生生的、真实的人物。

隔着一条街，距离沈园不远就是鲁迅少年时期就读的三味书屋。

和那里的比肩接踵相比，沈园显然有些冷清。假山静静的，荷塘静静的，竹荫蓊郁的小径也是静静的。秋海棠开得有些孤独，淙淙而过的流水，更像是江南女子寂寞中的低吟浅唱。我想，这一点也不奇怪，沈园就该是这个样子的：一堵院墙将世俗与红尘、热闹与喧嚣隔开，人说：情到深处人孤独——孤独，才是沈园最贴切的主题。

鲁迅是个反封建的斗士，而陆游与唐婉的爱情悲剧，据说恰恰就是因为被封建礼教残杀在如火如荼之中。不过，读了有关史料，我总觉得把这场悲剧完全归结为封建，归结为陆游的母亲，多少有些牵强。在沈园走了一遭，我的这个感觉一点也没有改变。时至今日，走进沈园，追溯谁是谁非已经没有任何意义。

人世间有多种多样的爱情。蒹葭苍苍，白露为霜，漠漠的秋水之滨，伊人在秋风中翘首期盼，让人联想到爱情的美好；孔雀东南飞，五里一徘徊，那无奈地回望，让人联想到子规泣血的呼唤，感叹爱情的辛酸和无奈；美女如云的贾府里，宝黛钗之间的三角恋，让人联想到至纯至真的爱情，也会被人用来制造阴谋。

其实，人世间完全超脱于红尘之外、不沾上任何世俗功利的爱情，不能说没有，但不多，七仙女算一个，可她毕竟是不食人间烟火的仙女。祝英台爱梁山伯应该也没有功利的成分，但这个“小九妹”过于含蓄，没有七妹对于董永那种飞蛾扑火般的炽热。虽然从某种程度上说，英台害了山伯，七妹害了董永，而更多的时候，女性往往才是爱情的舞台上真正的受害者：误入风尘的杜十娘遇到李甲，本以为自己找到了真正的爱情，没想到依然陷入了一场骗局。爱情一旦遭到亵渎，即便是拥有百宝之箱又有何益？于是和千金珠宝一起投江。不仅是古人，现代人拿婚姻与爱情做交易的不也比比皆是吗？也许正因为纯粹爱情的难能可贵，那些至死不渝的爱情才更加能叩动我们的心扉。问世间情为何物，直教人生死相许。古往今来，谁也说不出一个标准答案。

那么，陆游和唐婉究竟谁是受害者？也许是陆游，也许是唐婉，也许他们都是受害者。陆游做过官，但位置不高，从本质上来说，他还是个文人，“至死不渝忧国志，一生痛苦是婚姻。”我十几岁的时候就熟读他的“王师北定中原日，家祭无忘告乃翁”，那时候还小，还不知道这位爱国诗人一生中还有那么一段痛断肝肠的情感经历；现在知道了，却又有些替他惋惜和不平。如今像陆游这样的官人，恐怕很少有为婚姻而痛苦的了。

一堵灰褐色的老墙，在假山与荷塘的背后，显得有些忧郁，陆游与唐婉的那两首千古绝唱就题在这方老墙之上。不远处有一座不起眼的小桥，陆游曾在老年重游沈园时，路过这桥，触景生情，写下《二绝》，“伤心桥下春波绿，曾是惊鸿照影来”，这座古朴的小石桥也被后人叫做“伤心桥”。“梦断香消四十年，沈园柳老不飞绵”，我不知道“休”了唐婉之后，陆放翁是如何熬过那一个又一个辗转反侧的夜晚，如何度过那一年又一年落叶纷飞的寒秋，又是如何挨过“东风恶，欢情薄，一怀愁绪，几年离索”的郁闷，忍受“山盟虽在，锦书难托”的悲凉；我也不知道“被休”的唐婉离开陆游之后，如何面对“世情恶，人情薄”的炎凉，如何熬过“雨送黄昏花易落”的凄苦，又去向谁诉说“晓风干，泪痕残，欲笺心事，独倚斜栏”的惆怅。

虽然，命运还是给了陆游与唐婉最后一次相遇的机会；此时的唐婉已嫁给了一个名叫赵士程的皇家后裔。赵士程也是个读书人，他对曾经遭受情感挫折的唐婉表现出诚挚的同情与谅解，使唐婉饱受创伤的心灵渐渐平复，并且开始萌生新的感情苗芽。这时与陆游的不期而遇，无疑将唐婉刚刚结痂的伤口重新撕开，此情此景，与其说是缘分的撮合，不如说是命运的捉弄！四目相对，千般心事，万般情怀，却不知从何说起。正是应了那句老话：曾经沧海难为水，除却巫山不是云。

沿着回廊幽径走了一遭，耳旁一直回响着越剧《陆游与唐婉》里那杜鹃泣血般的诉说。离开沈园的时候，突然闻见一股悠悠的桂香，才使沉甸甸的心里有了一些轻松和开朗。这清香，仿佛是这个充满了凄美与伤感的园子给我们临别时的一份馈赠，一句叮咛：人生苦短，好好珍惜身边的爱……

人生苦短，值得一去的地方很多，一定不要错过黄山。

如果你正春风得意，她那来自峡谷的清风会告诉你：山外有山，人生可得意，不可忘形；如果你失意惆怅，她那斧砍刀削般的岩壁会告诉你：纵然是自信人生三百年，也不过是朝如青丝暮成雪；如果你在生活中失去了方向，她那崎岖的石径会告诉你，也许坚持一下就是峰回路转、别有洞天……

读黄山

有人说，八百里黄山，八百里画卷，这里有山的磅礴，海的苍茫，波诡云谲，气势雄浑。我说，八百里黄山，是一部卷帙浩繁的名著，和长城、故宫、长江一样，都是神州华夏的线装书。嶙峋伟岸的崖壁，层层叠叠的岩层，记载着沧海桑田，镌刻着岁月的风雨，厚重而不乏瑰丽，灵动而不乏深沉。奇松有奇松的铮铮铁骨，怪石有怪石的千姿百态；流泉的潇洒，云海的飘逸，总让人百读不厌，浮想联翩，每读一次，都有意外的收获。

“五岳归来不看山，黄山归来不看岳”，说的是黄山在华夏群山中的地位。首屈一指，誉满天下，却并不因此自踞自傲。黄山胸怀谦逊，宽容大气，兼有泰山的古朴，衡山的雄壮，华山的奇险，匡庐的秀美，当然也不乏太行波涛般的连绵起伏。

“黄山云海爱无涯，柔情缱绻绕峰崖。管它晴雨冬和夏，最喜红霞漫锦纱”，说的是黄山烟云的轻盈舒展，万种风情。黄山并不因此轻浮而骄纵，她用自己深沉的灵感，卷起如瀑的烟云，装扮着太平湖的一蓑烟雨，如梦如幻；抒写着新安江的一江诗情，如画如歌。

人生苦短，值得一去的地方当然很多，你一定不要错过黄山。不论什么季节，不论什么心情，也不论人多人少，黄山总是会毫不吝啬地向你敞开心扉，与你为伍，和你做伴。

如果你正春风得意，她那来自峡谷的清风会告诉你：天外有天，山外有山，人生可以得意，但不可忘形。如果你正失意惆怅，她那斧砍刀削般的岩壁会告诉你，和地质年代相比，纵然是自信人生三百年，也不过是朝如青丝暮成雪；既然生命匆匆白驹过隙，为什么不活得快乐一些、潇洒一些？

如果你在生活中失去了方向，找不到前途，她那崎岖的石径会告诉你，只要你努力不懈，就一定能在生活寻找到最适合自己的那条道路，也许坚持一下就会峰回路转、别有洞天。如果你是个趋炎附势之徒，她那耸立在石壁上的千年古松会告诉你：人不能有傲气，但不可无傲骨；即便是生长在贫瘠的石头上，也不可仰人鼻息，为了一点蝇头小利而低下自己高昂的头颅！

面对黄山，沉静的我想和那悬崖上的千年松一起狂舞，在峡谷的风中随心所欲，在深壑的雨中吟啸放歌，伴泉水飞瀑三千尺，看杜鹃花开满山红。

面对黄山，轻狂的我想和那石猴一起潜心静坐，抛却世俗的杂念，甩开所有的烦恼，即便不能禅坐成一位先哲，也可以笑看人间的潮涨潮落、云起云飞。

黄山，是山，也是海。“望中汹涌如惊涛，天风震撼大海潮”，舒卷的白云是她无边的海浪，汹涌澎湃；“有峰高出惊涛上，宛然舟楫随波漾”，怒吼的松涛是她尽情的喧哗，此等气势早已超越了群山，盖过了大海。

黄山，是纸，也是笔。她用绿色的芳草当稿笺，用巨大的石峰做笔尖，时而风渐起兮波渐涌，时而风平浪静雁归巢，谁能有如此手笔？

在黄山，我曾经遇到一位拄着拐杖的年轻人，虽然残废了一条腿，却以惊人的毅力登上了天都峰写生。有人问他：八百里黄山一幅画，哪里都可以画素描，为什么非要历经艰辛爬上这健康人也难以登上的巉岩绝壁？年轻人笑道：无限风光在险峰，只有登上奇峰，才能领略人生的意义，也才能更加珍惜生命。

在黄山，我曾经看到两位清洁工，系着绳索下到几百米的悬崖上，捡着掉落山崖的垃圾。黄山的气候变幻莫测，刚刚还是白云在身旁舒卷，霎时便是风的横扫，雨的飘洒。风雨交加之中，让人为他们的安危而揪心。风雨过去，彩虹高挂，我悬着的心这才平静下来。看着那两位清洁工，人们不禁肃然起敬——没有他们的付出，就没有黄山的清秀与美丽。

在黄山，我曾经看到一老一少两个挑夫，是父子俩。父亲当了一辈子挑夫，在黄山曲折蜿蜒的石阶上走了无数个来回，肩膀上的那根扁担所挑的重量加起来，也一定是一座山。他用自己的汗水将儿子送进了大学。暑假里，儿子跟随父亲体验着挑夫的日子，父子俩喊着号子，一路前行。看着父子俩负重的身影渐行渐远，成为两个黑色的影子，我的眼前一片模糊。

啊，黄山，你厚重而不乏瑰丽，灵动而不乏深沉，让人百读不厌，浮想联翩，每读一次，都有意外的收获……

去九华，倾听佛的声音。

我们不能成佛，也不一定要成佛——

但这种倾听，会让我们浮躁而忙碌的脚步做一次短暂的停留，

等一等自己的灵魂。

倾听九华

九华山是个好地方。

盛夏季节，在这里听着古树上蝉的轻歌、叶的飒爽，踏着清凉光滑的石板街，闻着从那些数不清的寺庙里飘逸而出的檀香；尤其是夜晚，躺在小旅店的木板床上，静静地听着崇山峻岭之间的钟声，悠远而空旷；住的时间久了，竟然能分辨出哪一阵钟声是来自东岩云舫，哪一阵钟声是来自化城古寺，哪一阵钟声又是来自百岁宫。

如果你是一个失意的人，不妨上一趟九华山，听一听飞瀑的轰鸣，松涛的澎湃，你的心胸也许会豁然许多，敞亮许多。

如果你是一个忙碌的人，不妨上一趟九华山，听一听溪水的浅唱，雨声的滴落，你的内心也许会安详许多，清净许多。

我一直认为，黄山的风景是用来看的，九华的风景是用来听的。感受黄山需要用双眼，感受九华则需要用心灵。

"九华山是有呼吸的"；"倾听雨的声音，泉的声音并不难，而要倾听云的声音，佛的声音却不是人人都能做到的"，这是一位长老说的，我等红尘中的俗人是断然无法达到如此境界。

我曾经五次上九华，第一次是十九岁，一个稚嫩青涩的年龄；第二次、第三次、第四次是三十岁以后，过了而立之年；最近的一次是五年前，年逾不惑。

第一次是参加一个创作会，住在距离九华山还有一段路程的庙前望华旅社，每天早晨或者傍晚，看着对面莲花一般的九子峰，总想着早早地散会然后扑进九华山的怀抱，就觉得半个月的会议是那么漫长。终于到了上山的日子，同行的师长说，第一次上山的人不妨到化城寺或者旃檀林去烧一炷香，许一个愿。我照做了，当时许的愿现在说起来未免幼稚可笑，我在心里默默祈祷菩萨保佑我将来能当一名作家。

第二次、第三次、第四次上九华是十几年以后，那时候我已经拿到了省作协的会员证，最初的激动与自豪已经冷却，也明白发表了几篇文字、拿到了一个证书，并不能证明什么。况且那时候我正身处逆境：婚姻的波折、事业的坎坷、母亲的去世，让我身心憔悴，情绪低落。接连三年的盛夏，上九华虽然还是参加创作会，却真切地意识到了生活中，还有许多比在稿纸上涂鸦更加重要的事。三伏天的夜晚，清凉的月辉里，听着窗外的钟声，仿佛带着一丝寒露的气息，那声音苍凉而极富穿透力，在崇山峻岭之间回荡着，悠扬着。仿佛是一种回应，钟声刚过，附近的寺庙里便是木鱼阵阵，经声响起，无端地，一行清泪落在枕上。

第五次上九华，是一个金色的秋天。就风景而言，九华山的秋色也许并不比别处壮观，天空也许并不比别处湛蓝而高远，尤其是枫叶并不比别处殷红，因为九华的枫叶种类中三角枫少而大叶枫居多。可是，秋天的九华山“檀香三百里”显然是别处少有的。此时的我虽然说不上心如止水，用从容淡定也许并不过分。上山后的第一件事情也是到化城寺上一炷香，然后在地藏王的塑像前默默地祈祷：为我的家人，我的朋友，还有我失去的亲人。那天，我没有宿在九华街，而是决定在天台正顶的香堂里过夜。

那是一个怎样的夜晚啊，精彩从傍晚时分就开始了：西边橘红色的晚霞燃烧了半个天空，仿佛是为了送别那一场辉煌的日落，山下大小寺庙里的钟声响了起来，万壑轰鸣，此起彼伏，好一幅《晚钟落日图》！几乎是同时，东边山梁上的月亮升了起来，伴着山腰间的滚滚云海，真的宛如海上生明月。不一会儿，银盆似的月亮被乌云遮住，一阵山雨落下来，是那种细细的、垂落的雨丝，没有风声，眼前却什么也看不见了，便躺到地铺上，倾听秋雨如泉水般滴落。也不知过了多久，一觉醒来，外面的雨声早就息了，月光落在铺上，偶尔一两下钟声，念佛的声音断断续续，似有似无，让人觉得此时、此世，终是一位他乡过客。

半夜里，突然被万马奔腾般的松涛轰鸣声惊醒，香客们三三两两陆续起床，上了天台正顶。我看见夜色里所有的人都在倾听：倾听松的呼啸，风的合唱，倾听山下的钟声仿佛是从那遥远的莲花佛国传来，那么缥缈，却又那么真切……

下山以后，每每遇到想要上九华山的人，我就对他说，到了九华山，一定要倾听：倾听钟的声音，倾听佛的声音。当然，我们不能成佛，也不一定要成佛，但这种倾听，会让我们浮躁而忙碌的脚步做一次短暂的停留，等一等自己的灵魂；这种倾听，会让我们功利而世俗的心平静许多、淡然许多……

我喜欢独自一个人沿着永定河边那条柏油马路散步。

静静的一条马路，人少，车辆更少，

山就显得格外幽静。

有时候走上半天也碰不上一个人，

让人觉得独自一人在这么安静、这么洁净的马路上散步是不是一种奢侈。

永定河边

我们乘坐的车子出了中国剧协所在的北京东四大街，沿着往西南方向的一条马路行驶。这条路显然不是进出京城的要道，和城内的拥挤不堪形成鲜明的对比，这里车辆不多，四十分钟后便开始进入山区，有点峰回路转、山路十八弯的意境。

在一个名叫斋堂镇的小镇，车子向西北转弯，一路山更高，树更密，景色也更美；不多久就钻进了一片崇山峻岭之中。山，是典型的北方的山峦，陡峭而多石，将自己豪放的本性袒露无遗，很少的一点绿色植被点缀在山的褶皱之间，不像我们江南的群山，有树的葱茏、竹的苍翠，含蓄而深沉。一条小河从山的脚下淙淙而过，后来才知道，这山叫西山，这河就是流经北京城的永定河。

中国戏剧家协会艺术培训基地就坐落在这里——永定河边两排简陋的房子，说是房子，其实跟建筑工棚也强不了多少。临行前收到举办者的邮件，上面特别明示：基地刚刚草创，条件不好，意思是请诸位要有思想准备。到京城参加培训，似乎是件风光的事情。坐在火车上还在想，虽然主办方说“条件不好”，但也毕竟是京城，“瘦死的骆驼比马大”，没有想到下车后提着行李走进“基地”，走进那座用钢筋焊起来的铁栅栏大门，还真的有些傻眼了。里面的“主干道”是石子铺的，宿舍里没有空调，上课的教室更像某个工厂车间的大棚；唯一让人觉得养眼的，是院子里的一棵杏树，枝叶纷披，浓荫茂密，毛茸茸的青果儿正躲在碧绿的叶子下面，享受着六月的温暖。

像所有的培训一样，上课其实并不紧张。更多的时候，当北方的作者们聚在一起天南地北侃大山的时候，我喜欢独自一个人沿着永定河边那条柏油马路散步。静静的一条马路，人少，车辆更少，山就显得格外幽静。永定河流水有声，偶尔从西山的岭上传来一阵不知名的鸟叫，有时候是喜鹊，有时候是乌鸦，画眉和杜鹃没有听到过。柏油路上有时候走上半天也碰不上一个人，让人觉得独自一人在这么安静、这么洁净的马路上散步是不是一种奢侈。这样一条安静洁净得让人觉得奢侈的大马路，也许多少是和“天子脚下”有关的吧！

马路的深处有一片桦树林，树林旁边有一个湖，湖水被四周的桦树林映成翡翠的颜色。后来才知道这片湖水有个好听的名字，叫珍珠湖。那些日子，除了沿着马路和河边散步，我最喜欢做的就是寻找石头。永定河的河谷还有附近的山崖旁边，有许多奇形怪状的石头，这些石头可以做盆景。有一次我突然有了这个发现的时候，简直有些怦然心动了。我喜欢盆景，也曾经养过，但后来因为种种原因都没能成活。记得当年在一个山村深入生活的时候，曾经扛着镐头近乎疯狂地上山挖树桩盆景。我还曾经自费订阅过《花木盆景》杂志，觉得养盆景和写文章有很多的相似之处。也养过一些树桩盆景，因为没有多少耐心修枝和浇水，有的被冻死了，有的被旱死了。相比而言，我觉得石头倒没有树桩那么娇贵，所以更喜欢石头盆景，如景文石盆景，小巧玲珑，别具一格；灵璧石盆景，既钟灵毓秀，又大气磅礴；钟乳石盆景，一水一亭，别有乾坤。

在永定河谷里，我曾经找到两块石头，一块大石头，一块小石头。大石头三尺多高，四尺多长，上面布满了刀砍斧削的纹路，恰似一个古老的胡杨树桩，被河水冲刷了一千年，被阳光暴晒了一千年，又被风沙磨蚀了一千年，其古朴残缺，让人怦然心动，兼具了石头盆景的丑、漏、透。石头实在太大了，我搬不动，只好回到住地。培训中心有个勤杂工（虽然是勤杂工，后来才知道他竟然是北京人艺的退休演员，我们结业的那天他上台表演满身是戏），我跟他说，我发现了一处石头，他马上说出在一个什么样的地方。我坐不住了，如同发现了宝贝生怕被别人看见拿走，当天我就到珍珠湖边的一个小村里，花了一百块钱找了几个村民和一辆农用车，把这块大石头运到了培训中心的院子里。

眼看着培训班就要结束，我开始谋划着怎么样才能把那块大石头带回来。扛着去北京站，不可能；火车托运，当地没有车站；叫一辆专车送回来，付不起运费。这才知道，有些东西你一见就喜欢上它，可是喜欢归喜欢，要想把它带回家据为己有，是不可能的。不仅是一块石头，其实生活中许多东西都是这样的。

二十天的培训转眼过去，结业的那天晚上，来自全国各地的编剧们喝得酩酊大醉，连我这个内向寡言的江南人也忍不住诗兴大发。第二天挥手告别，各奔东西，我带走了那块小石头，却无法带走那块大石头，恋恋不舍地在上面摸了摸，踏上了归途。

回家以后，我把从永定河边捡来的那块小石头放在书架上。如今，好几年过去了。每当看见那块从北京千里迢迢带回来的石头，就想再去一回京郊的西山，看看那条幽静的马路，看看那棵茂密的杏子树，看看雨后湍湍流动的永定河，还有那温婉幽静的珍珠湖水，更想看看那块我无能为力带回江南来的大石头，不知道它如今是否还在培训基地的院子里……

九曲十八弯，每一曲都别有洞天，每一弯都是绝妙的风景；
九溪十八滩，每一溪都自成风韵，每一滩都动魄惊魂；
九村十八寨，每一村都是茂林修竹，每一寨都是柳暗花明。

漂流徽水河

三百里泾川一幅画。徽水河上这片被称为“江南第一漂”的风景区，算得上画中的神来之笔。

带着盛夏的酷暑，带着山外的喧嚣和浮躁，我们一头扑进了满眼翠绿的“江南第一漂”，连自己也成了画中的风景。

浓缩了的灵山秀水，浓缩了的风土人情，岁月的长河也被浓缩成这弯弯曲曲并不宽敞的古河道。

翡翠般的徽水河向我们展示的是飞扬的思绪、迸发的灵感和一河流淌着的诗歌散文。

乘着竹筏漂流而下，闯滩过湾，浪花飞溅，灵动的山水倏尔在你的眼前展开，又霎时从你的眼前消失。漂流之美，漂流之趣，漂流之险，尽在这刹那之间。

湿漉漉的风景扑面而来，你无暇应接，无暇驻足，自然也无暇细细品味。当然，你也不用遗憾，善解人意的徽水河会在平缓如镜的地方向你娓娓展示画卷的精彩之处：

九曲十八弯，每一曲都别有洞天，每一弯都是绝妙的风景；
九溪十八滩，每一溪都自成风韵，每一滩都动魄惊魂；
九洞十八桥，每一洞都奇险幽深，每一桥都匠心独运；
九岭十八峰，每一岭都山峦滴翠，每一峰都天高云轻；
九村十八寨，每一村都是茂林修竹，每一寨都是柳暗花明；

九店十八铺，每一店铺都有一个故事，每个故事都曲折动人；

九岩十八松，每一岩都是鬼斧神工，每一松都是虬曲苍劲；

九奇十八怪，每一奇都是大胆的想象，每一怪都形神逼真……

在风景如此旖旎的河水上漂流，你怎能不为之怦然心动？刚刚还是晴空万里、艳阳高照，突然便是一河烟雨、山雾空蒙。

从岸上传来的山歌，让人想起几百年前的徽水河。满载货物的竹筏，也是这么一路漂流，顺水而下。光着膀子的艄公过滩时的一声吆喝，尖利而又有些凄凉。这声音嵌进了河岸石崖那黑色的记忆里。古老的徽水河漂流了无数年，前人留给后人的只有古码头的遗迹，还有险滩处的石壁上那些同样是黑色的撑篙洞。

如今的徽水河有了江南第一漂，便有了一抹亮丽的色彩。

到这里来漂上一回，用大自然的翠绿把你身心的疲乏和尘垢做一次彻底的洗濯，你也许不会因此而变得心灵圣洁，更不会因此而成为一个超凡脱俗的圣人，但有一点是肯定的，此后至少半个月里，你的眼前会时时飘忽着那山，那水，那绿，这也许就是“江南第一漂”的魅力所在。

琴溪悠扬，我在想：

高山有了，流水有了，知音何在？

便是窗外挂在琴高山峰顶的那一轮圆月。

梦里听溪到赤滩

赤滩古镇是一艘江南的乌篷船，在风景如画的琴溪河边上泊了上千个风雨春秋；被岁月的脚步磨得光滑发亮的石板路，便是一根打了许多结的缆绳，一头系着这艘古船，一头系着琴高山。

源自黄山北麓的青弋江在华夏的水系中，也许只能算得上是小家碧玉。她带着皖南女子般的温文尔雅，在如黛的青山中一路款款走来，一个笑靥连着一个笑靥，一曲山歌接着一曲山歌；翩翩的身影到了泾县赤滩古镇，被马鞍山石壁拦下了。她的脉脉温情蓄成了一个碧透如玉的深潭，然后折旋向南，兴高采烈，秋波闪闪，和琴溪河交汇在一起；名叫赤滩的古船便停泊在两水缠绵的臂弯里。

琴溪，一个诗意盎然的名字，琴高山显然是因为她而得名——没有过渡，没有铺垫，危峰兀立的一座山。大自然造化它的初衷也许很简单，只是为了拴住赤滩古镇，不让它跟着能歌善舞的琴溪河私奔远方。没有想到这个创意却意外地造就了一方风景名胜。

静止的山峰，流动的溪水，和处于静止与流动之间的船形小镇组成了一幅和谐的画卷，欣赏这幅画的最佳时间是在夏天有月光的夜晚。

在赤滩古镇的小客栈里临溪而宿，便是置身在微微摇荡起伏的船舱里。枕溪而卧，听琴溪从身边淙淙流过。那水很清，很浅，抚过河底的卵石，真的犹如纤纤玉指抚在古琴的弦上，铮铮切切，宛如知己的倾诉。有这样的雅乐相伴，或小憩，或酣睡，都有一种别样的风味。

琴溪悠扬，我在想，高山有了，流水有了，知音何在？便是窗外挂在琴高山峰顶的那一轮圆月。红色的月亮将水胭脂似的月光投进乌篷船舱里，落在半个床头，相信它会一直陪伴着我，做一个关于流水知音的美梦，这个时候，就会想起一位文人描写赤滩的诗句：

竹叶重重竹竿修，
数间茅屋一溪流。
读罢唐诗琴一首，
时当六月已知秋。

夜宿赤滩的日子，恰恰是农历六月中旬。没有想到，如此美景相伴还会失眠。说来也许你不相信，夜宿赤滩，头枕溪水，连失眠也比别处多了诗情画意。在赤滩失眠，没有辗转反侧、长吁短叹的烦恼，没有关山难越、他乡之客的伤感，涌上心头的只有山水古镇的文思与灵感。

红月亮西沉的时候，我做了个梦，出现在梦中的依然是水的清韵，竹的絮语，还有在河边捣衣的女子那回眸一笑的万种风情。醒来的时候望着窗外滴翠的修竹，听着琴溪缠绵的吟唱，第一次体会到一帘幽梦竟然如此之美……

夜晚，靠在一张简陋的木板床上，
听着窗外溪水潺潺而过；
透过破旧不全的窗帘，
看见不远处的山岭显露出黑黢黢的轮廓，
在瓦蓝色的夜幕下呈现出各种奇形怪状；
知更鸟不知疲倦地吟唱着属于它们的小夜曲……

相约周王

相约周王，是为了寻找创作的灵感；相约周王，是为了重温那些并未尘封的记忆。

藏在大山褶皱里的周王与文化有缘，也与文化人有缘。早在改革开放初期的1981年，这个山区小镇就因为群众文化活动开展得有声有色，被评为全国农村文化艺术工作先进集体，受到国家文化部的表彰；1990年，周王文化站再次被评为全国先进文化站。20世纪80年代开始，周王文化站一直是文化部门的联系乡镇，县、地两级文化部门的创作改稿会、演员培训班常在周王举办，皖南花鼓戏载入史册的剧目《柯老二入党》剧本就是在这里完成的。记得那时候坐车到周王，杨华公路还是石子路，过了杨柳便一路颠簸，后面扬起黄色的灰尘，有些风尘仆仆的感觉。20世纪90年代初，为了体验生活，我从文化局到周王井边村挂职，杨华公路铺上了柏油，来去方便多了。

两年的驻村生活，是我难忘的一段日子。那是我第一次和真正意义上的山村有了“亲密接触”。夜晚，喧嚣了一整天的村部安静了下来。躺在一张简陋的木板床上，听着窗外溪水潺潺而过，透过破旧不全的窗帘，看见不远处的山岭显露出黑黢黢的轮廓，在瓦蓝色的夜幕下呈现出各种奇形怪状；知更鸟不知疲倦地吟唱着属于它们的小夜曲。更多的时候，我独自一人伴着知更鸟的啁啾，坐在灯下写作。就是在那些寂静的山村夜晚，我写出了《老油条发脆》《白果树下》，还有后来发表的一些小说散文的初稿。从此，周王那些葱茏的山、清澈的水、青翠的竹林，还有那些带着湖北移民的口音，常常浮现在我的脑海中。

几年后的一个盛夏，我们的一个小型创作会在周王龙潭举办。从七月流火的城市一头扑进浓荫茂密、山峦环抱的龙潭村，燥热的心一下子平静下来。几个文学爱好者住在一户农家，晚饭后在院子里纳凉，看着东山梁上那轮红月亮，聊着各种各样的故事，说着说着夜露就浓了；夜晚躺在床上，竟然要盖被子。早晨睡到自然醒，听着浓浓的露珠从窗外的竹叶上滴落，像是淅淅沥沥的雨声；画眉在不远处的树梢清唱，带给我们一个清新明媚的早晨。吃着农家菜，享受着山村的清凉，觉得盛夏之中有这样的一个好去处，不认真地写一点东西，简直是虚度时光，更对不起眼前的美景。写累了的时候，走出小院漫步，溪水潺潺，从大山深处流过，身边是竹叶的清香，文学的灵感被激发出来。我的获奖剧本《刘二嫂打呼噜》和陈金顺在全区艺术节上好评如潮的小品《水阳嫂子》，就是在龙潭的青山绿水中写成的。

时光荏苒，转眼又过了几年。2007 年，宣城的一班老中青剧作家鉴于戏剧的衰落，政府支持力度有限，自发成立了一个剧社。剧社成立后，想找个地方写剧本，自然想到了周王。因为是秋冬时节，我们没有去龙潭，而是到了与周王相邻的溪口梅龙，住在一个戴姓人家。大家都很喜欢梅龙这个名字，剧社也就取名叫梅龙剧社。梅龙村子很散，一条村村通将散落在山沟里的农家串联起来。一只小炭火炉子，两三个农家土菜，夜晚的山村虽然有些寒冷，但心里却是热的。晚饭后沿着水泥路散步，看着京山堂疏疏落落的灯火，不远处偶尔传来一两声狗叫。记得有一次，外面飘着纷纷扬扬的大雪，我在老戴家二楼那个朝南的小房间里写着《天下第一墨》，半夜三更写到“悔不当初人变鬼”那段核心唱段，激动所致竟然差点喊了起来。第二年，春暖花开的时候，还是在老戴家二楼，我改完了话剧《生命如歌》，抬头望了望窗外，四周漆黑一片，蚯蚓在上岗上、菜地里、屋前屋后声嘶力竭地叫着——那是一支多声部的大合唱，气势磅礴，蔚为壮观。这声音和我儿时听到的一模一样，久违而亲切。后来，《天下第一墨》

和《生命如歌》都获了奖，成为我重要的戏剧作品，这让我常常想起老戴家的二楼，那个朝南的小房间。

刚刚过去的五月下旬，为了准备全市小戏小品大赛的剧本，我们又一次走进了周王，将创作笔会的地点放在海心山下的一个农家乐。海心属于井边村，二十多年前我挂职的时候，曾经多次来过这个小村子，没想到多年之后，这里有了一个安静养心的农家乐。写作之余，我爬上海心山顶，望着不远处那个我当年生活了两年的村子，本想去探访一番。可是想到村里曾经和我共事的两个同龄人都因为不同的原因而英年早逝，不免有些伤感，也就打消了故地重游的念头。笔会期间，隔壁绿宝村的熊书记领着我们参观了村里的几个景点，都是我以前没有到过的地方。翠竹覆盖、群岭逶迤的茅山，如同泼墨山峦；半山腰里的茅山村曲径通幽，流水淙淙，宛如世外桃源；那棵胸有成竹的老树更是令人称奇。我不知道，这次笔会能不能产生精品，至少，这熟悉的山，熟悉的水，又一次拨动了我心底的那根琴弦；琴弦响了，就会有乐章的流动，如山间的小溪，一路歌唱。

我爱皖南，深爱着南漪糊的浩渺无边，

鱼肥虾壮，秋水苍茫；

我爱皖南，深爱着千秋关上如歌的轻风，

如画的风景，如血的残阳。

我爱皖南，深爱着徽商走过的长亭古道，足迹斑斑……

我爱皖南

我爱皖南，这里的山不算险峻，却养眼养心，让人过目难忘；这里的水不算浩渺，却充满了灵秀，给人无限遐想。

感受过桂林山水甲天下，欣赏过长城明月，大漠边关；也曾经高原云游，海边踏浪，领略过神农架的神秘，黄果树的奔放。无论身在何处，风景多美，总忘不了自己是他乡之客啊，一觉醒来，望着异乡的月亮，心里总是放不下生我养我的皖南！

我爱皖南，深爱桃花潭水深千尺，一潭烟雨九回环。那一泓碧玉般的水啊，缠绵悱恻，深情款款，来自古老的大唐；斑驳的亭阁，踏歌的古岸，还有那万家酒店门前悬挂着的酒幌，总是在桃花流水的季节告诉人们——人世间除了亲情、爱情，两个男人之间的君子之交，也是如此动人：纯得让人感叹，又深得无法丈量！

我爱皖南，深爱谢朓楼前江城如画，秋风飒爽。静静的溪水是否真的波平如镜，映出了白发三千丈！再锋利的刀刃怎么能斩断那东去的水啊，纵然是揽尽世间所有的繁华，也销不了你小小酒杯里那一缕浓浓的惆怅！月光下，我分明看见一个不羁的灵魂踏着古昭亭的石阶寂寥而来，众鸟高飞谁为伍，孤云独去意彷徨！

我爱皖南，深爱着纪叟那千年的酒香。一坛封缸老酒，窖藏了一个又一个春夏秋冬，只为一个懂它的人来开坛。斗酒的诗人豪饮天下，一碗老春早已相见恨晚！开封的酒坛里汩汩流出的不仅仅是甘洌醇厚的酒啊，还有那脍炙人口的千古绝唱；浅浅地品上一口，默默地吟上几句，也能魂游八极，醉入梦乡；从此，江南的好水好粮，加上真情和友情，成了纪叟老酒不用保密的配方！

我爱皖南，深爱着南漪糊鱼肥虾壮，秋水苍茫；

我爱皖南，深爱着千秋关上如歌的轻风，如画的风景，如血的残阳。

我爱皖南，深爱着徽商走过的长亭古道，足迹斑斑；外出谋生的路啊，总是那么长途漫漫，沟沟坎坎；“十三四岁，往外一丢”，丢得下那一个还没有壮实的背影，却丢不下母子连心，寸断了肝肠！从此，起风的黄昏，村口的枫香树下伫立着我白发苍苍的娘亲；从此，一盏孤灯，一曲民谣，便是她一个又一个难眠的夜晚。

我爱皖南，深爱着查济每一座老屋，每一块石板，每一堵黑白相间的老墙；我爱皖南，深爱水阳江畔的每一片稻田，每一片荷塘，这里有三月红花草蓬勃张扬，四月油菜花遍地金黄，五月麦穗那少女般的芬芳！

我爱皖南，云岭的松涛为我伴奏，茂林的流水为我歌唱；这里曾有一支年轻的队伍，至今青弋江的流水还能记得他们那青春飞扬的脸庞，玉树临风的身影，那比溪水还要欢快的歌唱。一身染着青灰色的粗布制服，遮住了还在拔节的个头，却遮盖不住十八九岁的绿色梦想；一道又一道绑带，绑住了并不坚强的双腿，却绑不住心中的儿女情长！东流山罪恶的枪声，惊醒的岂止是噩梦？终止的岂止是生命？引起的岂止是呐喊？留下的岂止是悲怆！枪声停了，松涛息了，所有的青春定格在一个滴血的日子：41.1.7，所有的灵魂都凝结成茂林广场那一尊花岗岩雕像！站在这尊群雕之下，我才知道，为什么皖南这片土地，总让我柔肠百转，总让我浮想联翩，总让我如痴如狂！

我爱皖南，假如你来做客，好客的皖南人送给你的，也许只有一个小小的礼盒——你千万别小看了它啊，因为里面装的四样东西却厚重得让人肃然起敬：笔墨纸砚，承载着华夏五千年的文明，敢问世上哪一件珍宝能有如此分量！

我爱皖南，皖南是一座用水墨丹青搭起的窝巢，我是这暖巢里孵出的燕子，懵懵懂懂，声声呢喃；滋养我的是梅尧臣的诗、梅清的画，胡适的博大精深——全都是青山绿水好文章！

记忆里的老宣城，
如同一个老人，渐行渐远，
留给我们的是一个沧桑的背影。

记忆里的老宣城

最早关于宣城的记忆，是六七岁的时候，父亲带我进城卖甘蔗。他拉着一板车甘蔗，我坐在甘蔗上，半夜踏着清霜上路，进城时正好是早晨，十字街下面人民照相馆对面炸油条和蒸包子的香味扑鼻而来，那股特别的香味便是我早年记忆里城市的味道，至今难忘。

父亲的板车停在十字街新华书店旁边，中午买两个大馍，他舍不得吃，全给了我。我吃饱了，打个嗝，躲在黑色电线杆后面撒一泡尿。

后来进城上高中，二中已经是“郊外”。教室是322地质队的一个大车间，从上课的大教室到寝室要走过一条长长的石子路。没事的时候，我们常常到离学校不远的响山去玩。响山的下面一片洼地当地人叫它洋鬼子圩，如今已是响山公园；而不远处的宛陵湖如一个快要长成的少女，已经可见她的美丽秀色。

虽然没有钱，我们却喜欢在课余的时候进城。现在的宣城宾馆附近都是农民的菜地，市经信委的位置原先是个铁匠铺，每次经过的时候，那叮叮当当的响声仿佛从来都没停过。如今的商之都是吴村大队的菜地，绿油油的蔬菜很是养眼，但我们只能拐过两个弯，到酱菜店里去买酱菜。酱菜店位于现在的锦城路新百大楼位置，低矮，有些潮湿，一进门就能闻见一股特有的酱菜、什锦菜气味。

买了酱菜不甘心回转，总要到不远处的十字街百货公司转一转。没钱买东西，只是看着柜台前的营业员收了顾客的钱，夹在一个夹子上，呼啦一声，那夹子就沿着一根铁丝滑到会计面前。会计坐得高高的，算完账、找好零钱，又将夹子呼啦一声滑过来。那时候，我们就觉得发明这种东西的人很聪明。

西门口有个检查站，一块木牌上写着：木竹柴炭成品半成品停车检查。这句话现在的年轻人看了肯定不怎么理解，而在那个计划经济的年月，木竹柴炭这四样东西却是紧俏物资。这个检查站就好比是现在的海关，没有指标贩运这些东西，就是“投机倒把”，除了一律没收，还要严厉打击。

从二中回家，经过西门检查站，然后爬上高高的“黄泥巴坎子”，沿着芜（湖）屯（溪）公路，一路向西，走上三十里就是我的家。我知道，每个星期六的下午，母亲一定在想着我该回家讨米讨菜了。

1978 年夏天，我高中毕业没考取大学，回乡当了民办教师，隔三岔五总要进一趟城。进城后经常去三个地方，一个是宛陵剧场，一个是城关俱乐部，一个是人民电影院。这三个都是放电影的地方，宛陵剧场不仅放电影，还唱戏。我们曾经坐着手扶拖拉机到宛陵剧场看《小刀会》，看《王子复仇记》，看完了连夜坐着手扶拖拉机回家，那种满足感不亚于现在出了一趟国。相对而言，北门的人民电影院去得最多，因为电影院的门口有好几个小书摊子。买张电影票，趁着还没开映的时候坐在塑料棚搭起的书摊子里看连环画和金庸、古龙的武侠小说，不仅仅是儿童的专利。

之所以喜欢去城关俱乐部，是因为门口有个冷饮室，大热天的，喝一杯冰绿豆真是极大的享受。

如今，宛陵剧场、城关俱乐部和人民电影院早已经没有了踪迹。宛陵剧场和城关俱乐部成了开元小区的一部分，人民电影院成了一座破败的建筑，在四周残垣断壁之间忧郁了好些日子，也终于成了开发商图纸上的一部分。城市在不断变化，不断发展，该推倒的推倒了，不该推倒的也推倒了，记忆里的老宣城，如同一个老人，渐行渐远，留给我们的是一个沧桑的背影。

当然，我记忆里的老宣城也仅仅是相对而言。至于如今七八十岁老人记忆里的老宣城，肯定又是另外的样子了。

我给失意者鼓荡起信念的帆，
长风破浪会有时，直挂云帆济沧海。
我为伤心的人吹开阴霾，见到太阳，
带给他一个明媚的春天。

风之语

我是风，穿过草地，绿草为我翩翩起舞；掠过树梢，树叶为我沙沙地歌唱；吹过池塘，一池碧水为我泛起涟漪，眼波闪闪。

我是风，我从幽深的山谷而来，带着夏的激情，空蒙的云雾是我手中的笔墨，任我在起伏的山峦中泼洒。那是怎样的大手笔啊，云海在我的笔下滚动起来，松涛在我的笔下尖啸起来，瀑布在我的笔下洒落下来。

我从荒凉无边的大漠而来，飞沙走石，黄尘滚滚，一路遮天蔽日，卷过敦煌，卷过北方，所到之处，天地惊而鬼神泣，日无影而月无光！

我从一望无际的大海上来，浪花似雪，惊涛拍岸；九万里龙卷风裹挟着雷鸣电掣，倒海翻江。

我从三千米的高空席卷而来，白云朵朵，天空湛蓝。湛蓝的背景之下，优雅静止的云是我处子般的身影，飘逸流动的云是我舞姿的曼妙。

我是风，温柔的时候，我是情人绵绵的絮语，如三月的绿叶在春风里沙沙作响。失意的时候，我是古战场的呜咽，鬼哭狼嚎马萧萧；暴戾的时候，我是壮士振臂的怒吼，大风起兮云飞扬。

我是风——三九严寒里的冷风，裹挟着漫天雪花。我走过塞北，飘飘洒洒，铺天盖地，凝结成冰霜，滋润着即将返青的麦苗，传递着早春的讯息。

我是风——三春杨柳里的和风，沐浴着清明的暖阳，我走过江南，卷起稻禾千层浪，如波涛翻滚，遍地金黄。

我是风——九月里的金风，带着秋的思绪，霜的画笔，我将满山的枫叶涂成那鲜艳的殷红。

寂寞如风，那是说我缠绵的多情；

思念如风，那是说我守望的忠贞。

我给失意者鼓荡起信念的帆，长风破浪会有时，直挂云帆济沧海。

我为伤心的人吹开阴霾，见到太阳，带给他一个明媚的春天。

我是山风，转动起古老的风车，伴着豆花的浓香、麦苗的起伏，唱着动人的歌谣；

我是季风，激荡起海水的暖流，给陆地带来温暖湿润，酝酿着一个又一个岁月的四季轮回。

狂暴的时候，我摧毁房屋，拔起树木，将暴戾与撒泼尽情张扬。

播种的季节，我吹起轻飏的花絮，帮助植物传播，桃花榆荚无才思，唯解漫天作雪飞……

三千丈的白发，
是冷月为一个寂寞文人留下的背影；
再锋利的刀刃，
又怎么能断开那雾一般缥缈失意的愁绪！

秋天的遐想

那个深秋，江南的天一定很蓝，蓝得就像一块刚刚洗过的阴丹士林布，干净，平展。白露带来的几场寒霜，染红了敬亭山上的枫叶。秋风吹过，满山的红叶沙沙有声，像挥舞的巴掌；柿子红了，艳丽的秋阳之下，点点殷红点缀在山坡间，像一盏盏喜庆的灯笼。

山下的水阳江，一脉清流缓缓北去，那么安详，那么从容；一点白帆，两行雁阵；秋水长天，芦荻飘飞。这个晴朗得让人心动的秋天，注定有个动人的故事将要发生，故事的主角是一位轻狂浪漫的诗仙，还有宣城一位敦厚善酿的老人。

唤作纪叟的老人用真情酿造了一坛好酒，珍藏了一个又一个冬夏春秋，只等一位酒仙来开封。如同子期听到伯牙的琴声，浪漫的李白循着清冽的酒香飘然而来，一路长啸，一路放歌，一路风尘。他到达宣城的时候，应该是一个晴朗的黄昏：敬亭山上的那片火烧云还没有褪尽，有些破旧的谢朓楼染上了几缕鲜艳的嫩黄，宛如一个静坐在秋风斜阳里的老者，透出几分孤独，几分苍凉。

好客的纪叟用满是糟醪的大手，开启了那只古色古香的酒坛。海量的诗人未饮已醉了三分，以至于苦闷之间写下了许多伤感的诗句：弃我去者昨日之日不可留，乱我心者今日之日多烦忧……抽刀断水水更流，举杯销愁愁更愁！

三千丈的白发呀，是冷月为一个寂寞文人留下的背影；再锋利的刀刃，又怎么能断开那雾一般缥缈失意的愁绪！以酒浇愁，对月放歌，心中那缕怀才不遇的落寞总是那么难以排遣，越积越深。天地之大，竟然容纳不下一个孤寂的灵魂。走过了多少灵山秀水，留下了多少奔放的诗句。曾经想成仙得道，将秋心寄予明月，明月只在他的酒杯里投下一个清冷的影子。仰天大笑出门去，我辈岂是蓬蒿人！可是权利场上的诋毁中伤，人生路的坎坷困顿，既不愿同流合污，又不愿独善一身；既要保持人格的独立，又要实现所谓的人生价值；既要“垂钓碧溪”，又是“日边有梦”“宫仙两无从，人间久催藏”；他希望能像鲁仲连那样献奇策、立奇功然后功成身退，像谢安那样指挥若定破兵百万，然后高卧东山、潇洒不群，却依然是身在江湖，而心存魏阙。只有这里，才是他心灵憩息的一片净土。

敬亭山上，孤云独去，候鸟倦飞；谢朓楼上，人烟寒橘柚，秋色老梧桐。心空了，即便是一座金山也填不满；孤独了，即便身处闹市，也无法排遣。

窗外，月华皎皎，山影重重；苦短的人生有了纪叟的老酒，多少惆怅，多少忧郁，都化作白云飘散；眼前只有山高水清——天凉好个秋！

从此，相看不厌敬亭山，临风举杯谢朓楼，连那月下的一缕乡愁，也带着江南美酒的芬芳！“江城如画里，山晓望晴空。两水夹明镜，双桥落彩虹。”一江烟雨，一江秋色；满山红叶，满山诗情。

天下没有不散的筵席。诗仙最后一次离开宣城的时候，肯定也是一个清霜薄雾的早晨，皖南给了他太多的记忆：幽深缠绵的桃花潭，温婉静谧的秋蒲河，如恩爱夫妻一般并肩携手、朝夕相处的广教寺双塔……

纪叟将老酒捧到他的手上，所有的千言万语都在醇香绵长的酒中。诗仙知道，这一去，再也没有机会重访这片魂牵梦萦的土地。他走了，带走了一个不羁的灵魂，却把诗人枫叶一般鲜红的眷恋留在了宣城，留在了秋天的敬亭山，永远，永远……

天麻雀叫，地麻雀吟，
七岁娃儿放牛到如今。
冷茶冷饭是我吃，
露水地里是我蹲……

记忆里的草香

你闻过草的香味吗？那是一种最接近泥土的清香，淡淡的，幽幽的，兼有箬叶的清新，麦苗的淡雅，蚕豆花的芬芳。

草，在我们的生活里是不值钱的，不需要留意，也不需要刻意寻找，即便是在城里，也不乏它绿色的身影。但城市里的草坪大多是花钱买来的，经常修剪，看上去虽然规整，葱郁，也很养眼，却少了大自然中的草所固有的蓬勃、张扬与野趣。

我儿时记忆的主色调，便是那漫山遍野的草色青青。如今，一想起故乡清明后开始泛绿的山坡，身边就仿佛有一股清新的草香弥漫开来。每年清明，对于我们这些农家孩子来说，都是一个特别的日子，这一天大清早，大人们放过鞭炮之后，我们一年中的放牛生涯也正式开始了。山坡上、田野里、溪水边，凡是有草的地方，都是我们最愿意去的地方。

没有过放牛经历的人也许会把放牛郎的生活想象得有些童话与诗意：牧童、老牛、夕阳、山路。其实，放牛的孩子是很辛苦的，起早摸黑自不必说，双抢季节，每天半夜会被大人从熟睡中叫醒，骑在牛背上上山。常常见到宝蓝色的天幕上挂着一弯冷月，闪着几颗星星。更别说刮风下雨的日子，连牛带人被洪水卷走的事情也发生过的。有一首乡村儿歌是这么唱的：

天麻雀叫，地麻雀吟，
七岁娃儿放牛到如今。
冷茶冷饭是我吃，
露水地里是我蹲……

农忙时节，牛和人一样的忙碌，放牛娃也更辛苦了。每天起早放牛，老牛吃饱了被送往田里干活，我们才能回家匆匆扒几口饭去上学；中午放学回家顾不上吃饭就去田间放牛；等到牛干活了，我们再匆匆回家吃饭，上学；放了晚学回来，书包一放立马去田间等着收工的老牛，直到天黑透了、牛吃饱了才能回家。

因为放牛，寻找有草的地方就成了每天最重要的一件事情。有时候要赶着牛到七八里外的地方去放，有时候做梦都梦见了一片肥美的草滩，嫩嫩的，绿绿的，草叶上还沾着晶亮的露珠。最惬意的是仲春时节，田里的红花草长得茂盛，老牛们可以在一片紫色里尽情地享用，我们就仰躺在紫云英的碎花丛中，看着瓦蓝瓦蓝的天空，把那首放牛娃的歌谣吼了一遍又一遍。

红花草也是草，却透出一股甜甜的气息；还有刚刚脱粒过的稻草，散发出一种清新淡雅的香气，都是老牛喜欢吃的。

霜降过后，最后一批晚稻收上来，队屋的门口，一个个草垛高高的，奇形怪状，有的像臃肿的村妇，有的像矮胖的汉子，还有的紧靠着一棵树，像个伶仃的老者。那些草垛白天看上去也算是村里的一处风景，夜晚黑黢黢的，像是被放大了的坟包。孩子们常常在草垛之间追逐、嬉戏，做着快乐的游戏。这些稻草不是当柴火的，而是老牛们过冬的粮食。

乡下有句俗话：老牛老马难过冬。但我总觉得，相比而言，老牛们也许更愿意过冬。冬天虽然吃不上春夏时节那些新鲜嫩绿的、沾着露珠的青草，却也不用顶着烈日拉着沉重的犁铧。我曾经亲眼见过一头老牛突然倒在双抢的水田里，口吐白沫，浑身抽搐，再也没能起来。

冬天到了，牛们蜷在牛栏里，吃着稻草，闭着眼睛，咀嚼的声音很响，如同一个个沉默的老者，反刍着一年的酸甜苦辣。牛栏的外面，皑皑白雪落在草垛上，无声无息。随着春节的临近，稻场上那些留着积雪、奇形怪状的草垛也慢慢地变瘦、变小。到了草垛完全消失的时候，就该是清明时节；布谷催春，老牛们沉重的日子又开始了。

有时候我想，这些老牛，不就是我的那些父老乡亲们的化身吗？

如今，故乡的人种田再也不用老牛了，自然也再也没有了放牛娃了，儿时那悠悠的草香却时时飘荡在我的记忆里。

乡下有句古话：娃儿怕剃头，老汉怕放牛。

“剃头”这个陈旧的词，如今已经叫美发了。

剃　头

我们乡下有句古话，叫娃儿怕剃头，老汉怕放牛。一班泥猴似的孩子们正耍得起劲时，突然被召回家，坐在小凳上，听任剃头匠跛腿老马的摆布，这实在是他们不情愿的事情。

不喜欢剃头，却喜欢趴在老祠堂的断墙上，看跛腿老马给村里的老汉们剃头。那是在祠堂边的老白果树下，亮晃晃的太阳从白果树叶的缝隙间筛下来，把那张老脸弄得阳一块、阴一块的，很有趣。谷雨的爷爷瞌睡大，老马的剃头刀在他的脸上没有荡上几个来回，他总要扯起呼噜，像打旱雷。老马将他的脑袋一会儿扳到这边，一会儿扳到那边，一挂黄黄的涎水从他的嘴角溢出来。清明的爷爷也喜欢睡，但不扯呼噜；立夏的爷爷脸上有几颗花花麻子，剃着剃着，往往突然打个响亮的喷嚏，冷丁里站起来。但我最感兴趣的还是谷雨的爷爷，每次他都剃在最后，剃完了，跛腿老马细细地给他掏耳朵，挖鼻孔，剪鼻毛，然后用一只热毛巾在两手心里拍几下，捂住他的脸，两只拳头在他的太阳穴上轻轻地敲着，最后重重地一拍，收拾起剃刀、毛巾，一跛一瘸地走了。

有好几回，我们看见谷雨的爷爷剃过头之后躺在那椅子上一动不动，以为他死了，便手牵着手轻轻地走过去，伸出小脏手试试他鼻孔下面还有没有气，刚伸近那大蒜头似的红鼻子下面，老汉两眼一睁，吼一声，我们四下里逃散。

看得久了，觉得有趣，我们就联合起来抵制跛腿老马，相互剃起头来。七八个孩子们找一块大人看不见的地方，自己装扮成自己的爷爷。立夏用黑泥丸子在自己的脸上做了几颗“麻子”，大伙都说跟他爷爷一个样，只是喷嚏打得不像，他就到一边去一遍一遍地练着打喷嚏；清明对我说：“你爷爷死了，没有爷爷了，就当跛腿老马吧。”大伙都说：“好，你瘦得像猴子，只要把腰勾起来，再瘸着，就是跛腿老马了。”他们递给我半把剪刀，谷雨说：“先给我来。”大伙就说：“老五，你不能坏了规矩，你瞌睡大，每次该轮到最后。”谷雨说：“今朝不同，我要去接孙子放学呢，老哥们行个方便吧。”说着在一块石头上躺下，立夏用一块破布围在他的脖子上，我便学着跛腿老马的样子给他剃头。没剃几下，手中的剪刀一滑，谷雨的脸上划出了一条两寸多长的口子，疼得大叫……

大人们赶到，把那些胆敢自称是老子的儿子们一个个拽着耳朵拎回家，我当然也少不了一顿严厉的惩罚。这事虽然过去了几十年，现在想起来总觉得那么有趣。如今，跛腿老马早已经不再做他的剃头营生，被孙子们模仿的爷爷们也都作古，倒是那个被我在脸上割过一刀的谷雨，在镇上开了一家美容厅，他剃头的手艺和工具，是当年跛腿老马所不能比拟的；老马充其量只会剃个“锅盖式”“二分头”，捂着毛巾在老汉们的太阳穴上敲几下。而谷雨却操着现代化的剃头工具，把一个个新颖而又潇洒的发型展示在古老的小镇上。

那天，我到谷雨的美发厅去剃头，我说：“谷雨，你可别在我脸上报当年的一刀之仇啊。”谷雨笑了，说：“哪会呢？我还要谢你呢。若不是当年那一刀，说不定我还想不起来要学美容美发呢。”

我一下意识到，“剃头”这个陈旧的词，如今已经叫美发了。

山伯家的桃树是一棵会变魔术的童话树，
它的枝头那又肥又大的桃子，
是我们最难忘的童年……

山伯家的桃树

山伯家的院子里有一棵桃树。

每年三月，粉红色的桃花开满了枝头，村里的孩子们总是眼巴巴地望着。在那些天真而又稚嫩的眼神里，山伯家的桃树是一棵会变魔术的童话树，它能把粉红色的桃花变成又肥又大的桃子。

孩子们心想，要是能亲眼看着那花是怎样变成桃子的该多好啊。可是，桃树爷爷用它那密密麻麻的树叶儿将它的戏法遮掩得严严实实，孩子们自然看不见。

布谷鸟来了，又走了；紫云英的花儿开了，又谢了；屋梁上黄嘴的燕儿会飞的时候，山伯家的桃子成熟了。孩子们在山伯老人笑呵呵地招引下，山雀似的拥进来，绕着桃树闹着。山伯婶子端着盛满桃子的笸箩，让孩子们在桃树下排成一排，给他们发桃子吃。孩子们伸出脏兮兮的小手，接过山伯婶子给的桃子，嗡的一声散去，像一群蜜蜂。

这样的童话在山伯家的院子里上演了一年又一年。

那年春上，山伯婶子对山伯说："如今，大马路修到了门口，什么东西都能拿到镇上去卖钱了，我们家院子里的桃子又大又甜，到了镇上一准能卖上个好价钱。"

山伯老汉宽厚地笑着，说，桃树长在自家的院子里，结出的桃子是孩子们大家的，这是他家祖上的传统。村里一茬一茬的孩子都是吃着这树上的桃子长大的：在东北当兵的黑子、在上海当工人的四狗，还有在北京当官的石头，每次回家的头一件事情就是来看看我的桃树；这叫什么？这叫乡情！现在你却要把桃子卖钱，这可是坏了祖上的规矩呀。

山伯婶子笑山伯的脑子跟不上形势，如今到处都是市场经济了，自家的桃子拿去卖了换几个盐钱，怎么不应该？

山伯沉默了，他找不出说服山伯婶子的理由。

山伯婶子是个精明人，第二年，桃树刚刚开花的时候，她就跟那些蜜蜂似的孩子们打招呼，说她家的桃子是养着卖钱的，不准娃们再糟蹋了；打过招呼，她便关上了自家的院门。

“咿呀”一声，那扇关着的门将一树灿烂的童话和一群蜜蜂似的孩子们隔开来。孩子们站在院子外面，望着那又肥又大的桃子，一个个咽着口水。有个聪明的孩子，想了一个聪明的办法：用一根长长的竹篙，上面绑一个塑料袋。他站在院子的外面，装作是捉知了，将那竹篙伸到桃树下，用塑料袋套住桃子，然后轻轻地一勾，树上的桃子就落在了塑料袋里，成了囊中之物。

很快，孩子们人人都有了一根长长的竹篙，自称是“长枪队”。大人们以为他们是捉知了，只有他们自己知道是在做一个十分有趣的游戏，觉得这样得来的桃子吃起来比山伯婶子从笸箩里拿出来的更是有滋有味。

稻禾扬花的时节，山伯婶子像往年一样拿着笸箩来摘桃子，可是藏在树叶中的桃子像是变戏法似的不翼而飞。山伯婶子拍着笸箩喊叫起来：“我的桃子，我的盐钱啦！”娃儿们见了十分开心，学着她的样子叫喊道：“我的桃子，我的盐钱啦！”

山伯知道了桃子失踪的秘密，快活得大笑起来。他高兴地朝孩子们竖起了大拇指，夸奖说：“咱们村子不愧是出过状元的，娃儿们就是聪明，就是了得！哈哈哈……”

山伯婶子骂山伯吃里扒外，她为自己的盐钱心疼了好些时候。

又过了一年，那年桃树开花的时候，山伯婶子不再关上她家的院门，而是每天都要用喷雾器往桃树上喷药。她给那些有娃儿的人家挨家挨户打招呼，说我家的桃树打了农药，千万别让孩子偷那树上的桃子吃。那年，山伯家树上的桃子果然一只没丢。桃子收获的季节，山伯婶子将桃子拿到镇上去卖。可是，别人家的桃子都好卖，山伯婶子的桃子却无人问津。山伯婶子很是奇怪，她的桃子又肥又大，一点也不比别人的差呀。后来，有人说，山伯婶子家的桃子是打农药长大的，吃不得。山伯婶子急了，赶紧解释说，其实那都是吓唬孩子们的，我每天往树上喷洒的都是清水，哪是什么农药！

没有人相信山伯婶子的话。她的又肥又大的桃子一个也没有卖掉，沉甸甸地拎到镇上，又沉甸甸地拎了回来，她的心里也沉甸甸的。那天晚上，山伯和山伯婶子坐在屋子里，老两口都不说话。屋子里没有开灯，山伯的红烟头一闪一闪的。第二天，山伯婶子端着笸箩，将桃子送到那些有娃儿的人家，她对父母们重复着自己的话：这桃子没有打过农药，真的，我往树上喷的是清水。父母们不肯要，将那些又肥又大的桃子送回到了山伯婶子的家里。

山伯老汉好像丢失了什么东西似的，心里怅然若失。山伯婶子也常常望着院子里的那棵桃树发呆。

春去春又来，第二年，桃树依旧艳艳地开花、旺旺地结果，成熟了的桃子依旧又肥又大，却没有了娃儿们那渴望的眼神，山伯婶子也无心去采摘。

无人问津的桃子从树丫上掉下来，落寞无声。

第三年，山伯家的院子里那棵桃树没有熬过一场大旱，枯死了。山伯老汉痛心地说：孩子的眼神是桃树最好的肥料；没有了那肥料，桃树活着还有什么意思……

一支笔见证了主人从年轻上进到腐败堕落的全过程。
它虽然不会说话，
可它多想把主人的故事告诉人们啦……

一支笔的自述

我是一支笔，名叫新农村。

那年，我与十几支笔一起，被烫上“奖给先进工作者”几个金字，系着一根红绸布，和一本塑料笔记本一起，在一个隆重的大会上奖给了我的主人。那天，我的主人很激动、很风光，我也显得很惹眼。回到家以后，主人拿着我看了又看，爱不释手，然后将我灌满墨水，在那个笔记本上一笔一画写下“为人民服务”几个大字。那是我有生以来第一次写字，可以看出，主人对我十分满意。

从此，主人把我插在他的口袋里，随身携带。我跟着主人一起，到了很多地方。主人下乡，走村串户，用我在笔记本上记下了许多民情：乡下人想的什么、盼的什么；农民们吃的什么，有哪些困难，连一些婆媳不和、邻里纠纷等鸡毛蒜皮之类也都一一记上。主人把用我记下来的情况写成许多有分量的调查报告，有的成了上级领导决策的依据，有的成了他一一要办的事情。

后来，主人得到了提拔。笔记本记满了，又换了一本。主人用我在本子的第一页写下：欲穷千里目，更上一层楼。随着主人身份的不同，我的见识也多了，广了。主人每天用我在红头文件上写下一行行批示。我很骄傲，这些字，都是指示，要执行的。我随主人一起参加了许多重要的会议，主人用我做记录。我兢兢业业为主人服务，让他用得得心应手。

渐渐地，主人的地位越来越高，我和主人有时也闹点小别扭。比如说，主人作报告、写汇报，总喜欢把一些反映政绩的数字浮夸许多，每当写到这些数字时，我总是胆战心惊，有时故意惜墨如金，写不出；有时又故意泼墨如水，一大摊。当然，我只是一支笔，违拗不了主人的意志。后来，有人对主人说：都什么年代了，还用这种笔！主人说：“这笔可不一般，他跟随我多年，有感情啊。”我好感动。

不知从什么时候起，主人接二连三地收到许多人馈赠的笔，一支支豪华气派，价格不菲。有一天，主人把我和那些众多的同类们放在一起玩赏着。我猜想，我大概要退役了，虽然都是笔，但笔和笔是不一样的。在这些色彩斑斓的白领中，我只不过是一只丑小鸭。主人似乎十分理解我的心情，轻轻地抚摸着我说：“老伙计，你为我服务了这么些年，也该退休啦。”说完，选择了一支昂贵的进口金笔，灌满墨水，在一本新笔记本的第一页写上四个字：难得糊涂。

主人以后的事情我就不知道了。我退役之后混迹在那些身为贵族的同类中间，自然是备受冷嘲和热讽。可是我发现主人的笔换得很勤，不几天就要换一支笔，每换一回笔都要生气地说：“如今的东西，华而不实，徒有虚名。”

那些被主人抛弃的笔们趁着主人不在的时候自然要说他的坏话，说他大吃大喝，贪污受贿，不干实事，还玩女人。我听了十分气愤，把我所见到的主人兢兢业业、勤政廉洁的小故事说给它们听。它们一个个耸着鼻子笑我老土，说那是过去，现在观念变了；还把它们随主人一起出席各种场合听到的顺口溜念给我听，我不信。

过了不久，主人又把我从白领群中拣了出来，疼爱地抚摸着我说：“老伙计，衣服是新的好，笔是旧的好，看来咱俩有缘。那些外表华丽的笔，写起来没有一支顺手。”可是当主人又一次用我的时候，我却一点也高兴不起来了。主人带着我进出高级酒店，洗桑拿，做按摩。开始，我还觉得有趣，时间一长就觉得没意思，主人却乐此不疲。我眼睁睁看着主人一天天堕落，内心十分沉重，十分痛心。主人用我给他的相好们写情书，在笔记本上记下一笔笔见不得人的“灰色收入”，大笔大笔地批报高消费开支。有一回，明明是和一个按摩女鬼混的钱他却在一张名为“招待费”的发票上写“报”，我害怕了，墨水怎么也不下来，主人写了好几次也没写成“报”字，以至于把那张发票都划破了。这可是我随主人这么多年来从没有过的事情。主人生气了，将我砸在地上，我只觉得浑身疼痛，就什么事也不知道了。

我摔伤了，身上裂了一条大口子。主人的秘书小心地用橡皮胶将我的伤口缠好，我浑身火烧火燎般地疼痛，只是我不会说话，默默地痛在心里。我真想把我的委屈告诉世人，特别是能管得了主人的人，让他们救救我的主人。下班后，主人的秘书关上办公室的门，仔细地欣赏着我，然后用我在一张白纸上写下一行字：关于×××同志所犯错误的情况汇报。我明白了，秘书是要向上级组织检举我的主人，这正是我想做的呀。于是我和主人的秘书配合得相当默契，有些事情他记不具体了，我就主动写。一个小时以后，一篇检举信写好了，秘书夸赞我说："果然是支好笔。"

直到这时我才大吃一惊，我的主人从在第一个笔记本上写下"为人民服务"到后来写下"难得糊涂"，已经在一条糊涂的道路上走得很远了。后来，注定要发生的事情不可避免地发生了。主人离开办公室的那天来向秘书告别。他真诚地说："谢谢你，真的。要不然我会滑得更远。只可惜，你调到我身边来晚了点。"秘书什么也没说，把我还给了主人。主人又一次抚摸着受伤的我，百感交集："更可惜呀，这支笔跟了我这么多年，它什么都知道，只是不会说话。"说着眼圈红了。

主人最后一次用我写他的名字是在逮捕证上。过去，只要到了该签名的时候，我总能让他随心所欲，闭着眼也能把那三个字写得龙飞凤舞、潇洒流利。可这一回，他拿着我，双手不停地颤抖着，在那个被人指定的地方就是下不了笔，哆嗦了好一阵，才写下那枯涩的三个汉字。写到最后一笔时，我终于控制不住自己，所有的墨水一下子滑落到纸上。

如今，我被主人的儿子用一块红绸布系着，和那本写着"为人民服务"的笔记本一起，放在一张旧照片前。那照片是我的主人第一次被评为先进工作者时的合影。我知道，我再也不能写字了，可我多想把主人的故事写下来，告诉人们哪！

燕子终于又回来了。

蓝天下，田野里，山坡上，小河边，

不是一只，两只，而是一群，一片；

成群结队，呢喃着，啁啾着，上下翻飞，翩翩起舞……

故乡的小燕子

我家曾经栖息过两只红胸的燕子，那是一对活泼可爱的精灵。

老师说，燕子是益鸟，一天能吃几十只害虫；外婆说，燕子是仙鸟，古时候有个叫柳毅的人，求燕子做媒，实现了一段美好的姻缘。于是，在我幼小的心里，对燕子有了一种特殊的感情。

早春二月，当绿蕾刚刚从杨柳的枝头绽开的时候，可爱的燕子便带着花草的温馨、捎着南国的春汛，款款地来了——一对燕儿，风尘仆仆地自远方来到我家的茅屋。它们从田野里叼来泥团，衔来树枝，经过几天的劳作，一个漂亮的新巢就在房梁上垒成了。不久，横梁上便传出小燕子喳喳的呢喃声。每天放了晚学，我总是急急地跑回家，搬来梯子，爬到窝边去看小燕子——一对刚出生不久的小东西，好像还没睡醒似的。我把捉来的小虫子送到它们嘴边，它们也难得睁一下眼睛。小燕子一孵出，老燕子可就忙开了。它们要飞到很远的地方去捉虫，每趟只能叼回一条，然后嘴对嘴地喂着自己的孩子，道不完的母爱，说不尽的温柔。

后来，没有想到，不幸的事情发生了。那是盛夏的一天，晴朗的天空突然黑下来，墨似的乌云从东南方涌起，狂风像千万只猛兽扑过来。我家的茅屋像是有一只无形的大手在推搡着，父亲说这叫过龙（龙卷风），便招呼我们姐弟蜷在晒场上的草垛下面。突然，屋子里传来了燕子的叫声——一只老燕寻食去了，另一只老燕守着自己的孩子，发出阵阵恐栗的叫喊。我站起身就要往屋里跑，却被姐姐一把抓住了："你疯啦?"

"燕子，我的燕子……"没等我说完，哗啦一声，屋倒了，我心一沉，哭了……

风雨过去，那只寻食的老燕子飞回来，它羽毛脱落，翅膀沉重，疲惫地在倒塌了的茅屋上空盘旋着，哀鸣着，它一定知道发生了怎样的不幸，那叫声惨得令人揪心。

傍晚，我们找到那三只惨死的燕子，把它们装在一个纸盒子里，来到山坡上埋了。暮色浓浓的时候，那只幸存的老燕子在山坡上最后盘旋了一周，留下几声绝望的叫声，孤零零地朝着远方飞去，不一会儿，就消失在苍茫之中。

在乡亲们的帮助下，我家的屋子又重新撑起来，不过是比先前更不像样的茅屋。我失去了一对可爱的燕子，心里沉甸甸的。谁想到，没过几天又发生了一件伤心事：那天放了晚学，我们都在山坡上放牛，二愣来了，老远就喊："喂，给你们东西吃!"二愣是个讨厌鬼，我们商量着，十几天没搭理他了，这会儿他该是用什么好吃的来哄人吧。

"看!"二愣把手中的东西拿到每个人的眼前晃了晃，说，"谁跟我好，把这个给谁吃!"

啊，燕子，烤得通黄的雏燕，我们都惊呆了。

"你真缺德！谁让你掏燕窝的?"我喊道。

二愣说："是我爸捉的，我妈把它放在油锅里翻过来、捋过去炸了好几遍。我爸说，念书的孩子这东西沾不得，吃了脑瓜不灵。我晓得他骗我，想留着自己下酒，就偷来了。啊，真香!"

过了几天，燕子搬家了。大明家的燕子走了，小春家的燕子走了，全村每户人家的燕子都走了。它们走得那么匆匆，没有给人们留下来时的欢叫，只留下一只只空巢。老年人说，它们回南方去了，明年还会回来的。可是到了第二年，春天来了，燕子没有回来；一连几年过去，燕子都不曾回来。望着枝头的新蕾，田间的绿意，村里人陡添了许多的哀怨和惆怅。

啊，我诅咒那自然的风暴；我痛恨那人为的戕杀。

岁月如流，一晃十几年过去，故乡这小小的山村渐渐改变了模样，我家本是村里最穷的，如今也盖起了瓦房。今年春天来得早，当春风吻绿了柳枝、杜鹃开满山崖的时候，离去多年的燕子终于又回来了。是的，人们早知道那多情的燕子会回来的，他们把屋子打扫得干干净净，拾掇得整整齐齐，哪家的墙壁上不贴有几张“紫燕戏春风”的年画呢？你看，蓝天下，田野里，山坡上，小河边，燕子一路嬉戏着来了，不是一只，两只，而是一群，一片；他们成群结队，呢喃着，啁啾着，上下翻飞，翩翩起舞，一起朝村里飞来。那些瓦屋的主人们早已打开了每一扇门窗，迎接这风尘仆仆的、美丽而活泼的精灵……

那个小小的院落，曾是我的“家”。
每每感到失意的时候，
我总是要在院子里走一走，
感受身边这份淡淡的平静。
我爱这个院落，我爱这院落里的阳光。

洒满阳光的院落

宣城市护城坊12号，一个连出租车司机也很少知道的地方。

这里有一座建于20世纪80年代初期的三层小楼，曾经是区文化局所在。楼的对面是图书馆，楼与楼之间有一块空地，栽满了一些绿色的植物，成了一个不大的院落。

第一次走进这个院子，大概是1986年，以一个业余作者的身份参加文化部门召集的创作议会。那时的小楼还很新，那时院子里的植物也不茂盛。应该是一个春光融融的日子吧，院子里有一棵小小的樱桃树，又瘦又长，竟然开着一树粉色的花，如同一个营养不良却又偏偏过早发育的少女，让人觉得那花开得那么勉强。

没有想到，几年以后，这里成了我工作的单位。从此，护城坊12号的这个小院，成了我再熟悉不过的地方。在我们的眼里，小楼前的这个院落，一年四季都是绿意葱茏，很是养眼。院子中间有个巨大的土堆堆起的花坛，里面除了栽着一株樱桃，还种着剑麻，冬青；花坛的旁边，有许多水杉和雪松；东边的一块空地上，栽着广玉兰、桂花和金银花。春天的满眼新绿自不必说，即便是夏秋季节，这个院子里也是色彩斑斓，生机勃勃。冬天的上午，院子里的一堵墙根下，成了一个温暖的所在，我们经常在那里晒太阳。

这样的日子一转眼，竟然过了十八年。

十八年里，我看着雪松和水杉一个劲地往上窜，真个是挺拔向上，玉树临风。

十八年里，我看着那棵樱桃树枝丫渐渐粗壮繁茂起来，开出的花一年比一年多。每当落英缤纷的时候，我总喜欢从办公室里踱到樱桃树的下面，看着闻香而来的蜜蜂怎样在花丛里流连；樱桃花期很短，刚结出来那又红又亮的涩果儿总好像是在某个晚上一齐消失……

十八年前，我带着妻儿和几件简陋的家具从乡下走进这个小院，在一间办公室里支起了一个临时的家：一道布帘子将办公室一分为二，前面权作客厅，后面算是卧室，外面的走廊里一口锅，一只煤炉，算是一个“开放式”厨房。

十八年前，我的儿子才刚刚背上书包；如今，也像那院子里的水杉一样，虽然并不粗壮，却也高高大大。

十八年里，我曾经有过几次离开这个小院的机会，去从事别的，但我终究还是留了下来，因为我爱我的工作，我深深地知道，世界上并不是所有人所从事的职业都是他的爱好。

十八年里，我经历过婚姻的变故，经历过悲欢离合，当然也经历过工作和事业的低潮。每每感到失意的时候，我总是要在院子里走一走，感受身边这份淡淡的平静。我爱这个院落，我爱这院落里的阳光。

今年春天，院子里的樱桃树刚刚开花的时候，单位搬家了——这个洒满阳光的院落从此要变成另一个单位的所在。清理完办公室最后一张纸片，我来到院子里，站在那棵蜜蜂飞舞的樱桃树下，想到十八年来的一幕幕，双眼一片模糊……

母校，我想对你说：
当年遗落在校园里的青春渐行渐远；
留下的，只有中年旅途上风一样的记忆……

关于二中的记忆

1976年春节刚过不久，父亲借了一辆自行车，驮着我走进了宣城二中，从此，我的高中时代开始了。

上课的地方叫“大教室”，后来才知道那原本是322地质队的一个大车间，车间两边改造成许多个教室，中间是一个空旷的长廊，看上去更像现在的集贸市场。出了大教室，沿着一条坑坑洼洼的石子路穿过一片田野，山坡上有两排带走廊的平房，那便是男女生寝室。

那时候，我们常到马路对面的322地质队去看露天电影，去不远处的“洋鬼子圩”附近晒太阳。我们的语文老师是秦世新，性格和蔼，说话略带点外地口音。二十多年后，我正在文化局上班，突然遇到秦老师来访。那天下着小雨，他带着一把长柄黑雨伞走进我的办公室，带来一沓稿纸。我一看，是他写的几篇儿童文学作品。他说是从报纸上看到我成了“专业作家”，特地来看看当年的学生。我很惶恐，也很自责。离开二中多年，竟然没有想起要去母校看看当年的班主任。我对老师解释说，当年没能考取大学，灰溜溜地离开，这些年来也一直没怎么有脸去母校拜望。我知道这理由有些苍白，秦老师还是很大度地笑了笑。

秦老师的那几篇稿子，我给熟悉的编辑写了一封信，后来没有下文，可能没能发表。

那时候我们的政治老师有好几个，印象最深的是笪远毅。笪老师身材高大魁梧，仪表堂堂，常穿一身银灰色中山装，头发光亮，架一副眼镜

(那时候戴眼镜的人很少)，我们就给他起了个外号：气派。那时候二中的秩序不太好，经常有小流氓到学校滋事，别的老师小流氓们不怎么当回事，唯独见到笪老师，立马远远地走开——这也许就是有学问的人“不怒自威”吧。

在我们的心中，笪老师是二中最有学问的人，他的字写得非常好，讲课带着并不浓重的上海腔。有一回他让我帮他刻钢板，印历史讲义。我去了一趟他的宿舍，书架上的书很多，一下子被那浓浓的书卷气迷住了，心里陡然升起一股庄严。除了满满一书架的书，我还看见墙上贴着一张年轻女人的画——我记得很清楚，是画而不是照片——一个穿着红衣的女子，肩膀上是两根红色的背带，光着的肩头白皙而圆润。那是1978年早春，这样的一幅画在我的心里有一种让我难以描述的感觉。是激动？惊讶？或者还有一个十六岁的少年看到那样一个美丽的红衣少女所引起的青春的冲动？后来每每回忆起在笪老师宿舍里看到的这幅画，就觉得书卷气很浓的笪老师在那个年代就是一个热爱生活的好老师。

我当了民办教师以后，偶然的一次从一本中学语文教学的杂志上读到一篇笪远毅的文章，一打听，“气派”的笪老师已经调到镇江去了。

如今，笪老师肯定不记得当年他有个学生名叫黄廷洪，但我却一辈子也忘不了他那藏在明亮的眼镜片后面的睿智和学问。

就是在那个大教室里，我们得知了“四人帮”被粉碎的消息，得知了国家恢复高考的消息；但我们七八届考取大学的也就两三个人，我名落孙山。

走出二中校门，再次回来是1996年，我参加省高等教育自学考试，最后一门课在高三的一个教室里。两个小时的考试我用四十分钟就完成了。想到1978年我曾经在这个校园里名落孙山，二十年后回到这所校园参加另一种形式的“高考”，即将拿到国家承认的文凭，望着窗外已经陌生的校园，还有操场上那些和我当年一样青涩的学弟学妹，多少感慨涌上心头。我向监考老师要了一张纸，写了一篇短文：《十八岁的我》——

十八岁的我，是一条清亮的小溪，在春天的山林快乐地歌唱；十八岁的我，是一泓校园里的湖水，在青春的歌谣中碧波荡漾。十八岁的我，是一棵临风的白杨，在三月的雨露中嫩绿地成长；十八岁的我，是一面青春的旗帜，在九月的风中骄傲地飞扬！

写着写着，眼泪就来了……

2012 年，我五十周岁，也是我的母校二中五十周年校庆。许多当年的学子都收到了邀请去躬逢其盛，我没有收到通知，也就没有去。后来一打听，去了的同学告诉我，前去参加校庆的校友有两种，一种是学校组委会发函邀请的，属于走上领导岗位或者成名成家的或者其他方面的成功人士；另一种是得知消息一传十十传百主动去的。我算不得成功人士，怎么也该“主动”去一趟，去校园里走一走，看一看，去温习一次我那散落在二中校园里那十七岁的青春。翻翻日历，校庆的日子，那些天我正在外地写一个剧本。

正月里，赶在还没有开学，我独自去了一趟二中，漫步在崭新的校园里，已经没有丝毫当年“大教室”的影子了。

耳边仿佛传来苏有朋的那首《背包》——

轻轻地打开背包/发现我的行囊/是一本年轻的护照；通过了成长的骄傲/投入另一个天涯海角；装过多少希望/装过多少惆怅/像一张岁月的邮票；把自己寄给明天/背着旧愁新情不断地寻找/我那穿过风花雪月的年少/我那驮着岁月的背包；我的青春梦里落花知多少……

啊，二中，我的母校。我想对你说，当年遗落在校园里的青春渐行渐远；留下的，只有中年的旅途上风一样的记忆……

生，死，爱是人生的三大主题。

我们来到这个世界上，

生不能选择，死也很难由自己选择，

唯一能让自己选择的，只有爱……

享受创作的痛苦与快乐

——话剧《生命如歌》创作琐谈

2008 年初夏，广东省委宣传部、广东省文化厅向全国征集剧本，我的话剧《生命如歌》在这次征稿中获得了二等奖第一名（一等奖空缺）。这个剧本写的是，1978 年恢复高考后走进大学校园的三个好同学，三十年后不同的人生道路。路远是妇产科医生，当年母亲生他的时候因为难产而死，他因此选择了上医学院，成了一名产科专家；他的妻子谌红原来在剧团担任化妆师，剧团解散以后到火葬场给尸体化妆。两个人一个面对的是生，一个面对的是死。他们都热爱自己的工作，在各自的岗位上出类拔萃。而他们的好同学刘大魁曾经当过卫生局局长，后来下海经商，如今已经是一级药品代理商。一个偶然的机会，路远发现老同学通过关系推销给自己医院的人血白蛋白竟然是假药。他满怀真诚希望刘大魁能坦白自首。刘大魁不仅不承认，反而宣布和路远的关系一刀两断。就在这个时候，刘大魁雇佣的“代孕妈妈”遇到了难产，他只好请求身为产科专家的路远，因为刘大魁在这方面更相信路远。可做梦也没有想到，那个“代孕妈妈”竟然是路远离家出走的女儿……

我在剧本的首页上写道：“关于亲情和友情，关于生，关于死，关于爱，作者力求在本剧中根据自己的理解告诉观众一些什么。”这正是我创作这个剧本的初衷。我居住的小区不远处，有一条宽阔的马路。搬进新居不久，有天早晨，我正迷糊之中，突然听到一阵哀乐缓缓而来，以为是做梦。仔细一听，这才明白过来，原来那条宽阔的马路是通往火葬场的必经之地。从此，早晨躺在床上，经常能听到这种别样的音乐，我很郁闷。虽说哀乐给人带来的未必是晦气，可毕竟不是《嘻唰唰》《大花轿》，况且几乎隔个一两天就要被迫“欣赏”一次，怎么说也不是一件开心事。有个朋友想买一套这个小区二期的房子，听我说了自己的“遭遇”，果然打消了在此买房的念头。

后来读到一个外国哲学家的文章，题目忘了，大意是说：人的死亡不应该悲伤，而要开心。事业有成者去世应该开心，因为他的一生没有白过；事业无成者去世也应该开心，因为从此可以摆脱许多烦恼和痛苦；有钱的人去世应该开心，因为他再也不用担心会千金散尽，穷愁潦倒；没钱的人去世也应该开心，因为他从此不用担心有朝一日发了横财会亲人反目、被歹人惦记……如此说来，死也并不是什么可怕的事情了，每个人都要跨过那道门槛，走进那扇大门，不过是先后顺序而已。这样想着，我心中的块垒便渐渐消融开来，不仅不会为自己经常听到哀乐而扫兴，相反的，倒能常常提醒我：人生苦短，岁月匆匆，珍惜时间，把握好今天，在有限的生命里多做些自己喜欢做、应该做的事情，才是最重要的。我因此有了创作一个剧本的念头。

仅有一个朦胧的意念，显然是没有办法创作一部大戏的，我需要寻找人物和事件来支撑我的思想。2008 年，是我国恢复高考制度 30 周年。1978 年的那场高考，在我国有着特别的意义，通过那场中断了 17 年之久的考试，许多年轻人的命运从此发生了根本改变。我就是 1978 年高中毕业的，在高考中名落孙山，但这并不妨碍我对于大学校园的好奇和想象，并不妨碍我对于那些天之骄子的幸运儿揣测和猜度。每当生活中遇到挫折的时候，我常常想：要是 1978 年我考取了大学会怎么样？这么空想当然没有什么意义，却意外地让三个人物走到了我的眼前，他们就是后来剧本中的路远、谌红和刘大魁。我决定写三个 1978 年走进大学校园里的好同学，两男一女，当年如何勤奋苦读、拥有共同的理想，结下了纯真的同学情谊。后来他们分别走上了不同的人生道路，30 年后，一场生活的考验摆在了他们的面前，他们将如何面对？如何抉择？

我知道，我的这个构思和这三个人物并不新鲜，人物关系甚至有些老套。要想未来的剧本有所创新，哪怕是有那么一点新意，还必须沿着现有的构思进一步开掘。这个时候，我从早晨经常听到的哀乐中得到了启发，将路远和谌红这一对夫妇的职业定位在丈夫是妇产科的医生，妻子是火葬场的化妆师。夫妻俩一个整天面对的是新生，一个整天面对的是死亡，用他们自己的话说，一个是站在人生的起点，一个是守在人生的终点。感觉告诉我，如果这个构思在具体的写作中得到了比较好的落实，未来的剧本既有戏，又能够紧扣生命和死亡这个主题。

路远和谌红这一对夫妻的职业定下来了，接着就是另一个重要人物刘大魁。我知道，作为整个戏剧冲突的一方，刘大魁的所作所为对于推动整个剧情至关重要。于是，我将他设计成了医学院毕业以后到一个县城工作，后来当上了卫生局局长，几年以后又辞职下海，成了腰缠万贯的药品代理商。刘大魁推销到路远所在医院的一批药品是假药，而眼睛里揉不得沙子的路远出于一个医生的良心，面对假药给患者带来的伤害，极力主张要查清事实，从而为这两个昔日里睡上下铺的好同学的冲突埋下了伏笔。面对着金钱与良心、利益与道德，两个亲如兄弟的好同学经历了一场人格与友情、法与理的较量和煎熬。

写着写着，我突然意识到这条线索还是显得张力不够，仍然有似曾相识的痕迹。直到路远和谌红的女儿路丹丹跳进了我的视野，我的眼前突然一下子开朗起来。路丹丹是个具有现代意识的年轻人，虽然当初按照父亲的意愿走进了医学院，却对将来从事护士这个事业有一种本能的拒绝。她单纯、浪漫，爱幻想，希望将来从事艺术。一边是敬业爱岗的父母，一边是80后现代派艺术家皮特，路丹丹选择的天平毫不犹豫地倾向了后者。她全身心地爱着皮特，为了帮他筹集画展的经费，路丹丹不惜为一个大款去做代孕妈妈。

到这里，剧本产生了两条线索：一条是路远和刘大魁这条线，另一条是路远、谌红与女儿的这条线。当我想到，招募路丹丹为自己未来的孩子做代孕妈妈的那个大款应该就是刘大魁时，两条线索便自然而然地搅和到了一起，而且这是怎样的一种戏剧冲突啊！自己的女儿成了当年上下铺好同学雇佣的代孕妈妈，而且这个代孕妈妈因为难产而凋谢了刚刚绽放的生命，即便自己的父亲是个教授级的剖宫产专家也没有能够挽回女儿的生命；而刘大魁竟然误以为生性耿直的老同学路远是因为看清了自己唯利是图的本质故意报复自己，他却做梦也没有想到那个受害者竟然是自己最要好的两个同学的女儿。这个紧藏着的包袱一旦抖开，将在剧中人的心灵上引起怎么样的震动？可想而知。而身为火葬场美容师的谌红做梦也没有想到，自己为无数失去生命的人化过妆，却有一天要亲手为自己的女儿化妆，她该是怎样的心如刀绞！

创作笔记写到这里，《生命如歌》四个字跃然纸上，我想这就是未来剧本的题目了。关于生，关于死，关于爱，我要在这个剧本里根据自己的理解，传达给观众我自己的思考，尽管这些思考不一定深刻、全面，尽管我在用具体的戏剧方式表达这些思考的时候不一定准确、生动，那也没有关系，至少我在努力，我在很认真地写这个感动了我自己的故事。

五万字的剧本写得还算顺利，初稿出来后，为了使戏更加好看，我又添加了两个人物，一个叫花小果，是电视台的主持人，一个叫东方之子，是社会学研究者。为了和我所要表达的主题相吻合，我将高位截肢的花小果设计成怀上一个烈士的遗腹子，为了延续丈夫的生命，不顾医生的劝阻，冒着生命的危险要将孩子生下来；而东方之子研究的课题恰恰就是剖宫产。这样，所有的人物行动都和生命这个严肃的主题联系在一起。后来的事实证明，这两个后加的人物不是可有可无，而是担当着相当重要的戏剧使命。

我们来到这个世界上，生不能选择，死也很难由自己选择，唯一能让自己选择的，只有爱。这个世界上，有小爱和大爱。路远对于妻子的爱，对于母亲的爱，对于女儿的爱，都是和自己对于事业的爱紧密联系在一起的，所以他的爱是一种大爱。当年，母亲因为生他的时候难产，而献出了年轻的生命，这是他后来决定上医学院、将来当一名妇产科医生的最直接的动因；妻子谌红本来是可以顺产的，为了给初出茅庐的丈夫一个实习的机会而选择了剖宫产，谌红后来到火葬场从事给尸体化妆的工作，路远帮助她度过了最初的恐惧，并且在冷冻房里充当“死尸”让谌红化妆，这对夫妻相互支持，相濡以沫，在自己的岗位上做得都很出色；路远疼爱着自己的女儿，希望路丹丹将来能做一个南丁格尔那样的“提灯女士”。路丹丹却对父母所从事的职业有着强烈的排斥甚至憎恶。“你知道我在这个家里闻到什么气息吗？产房里的福尔马林和停尸房的冷冻剂混合在一起的气味！”路丹丹这一句满含轻蔑的台词极大地伤害了路远的自尊，他忍无可忍扇了女儿一个耳光。就是这一耳光打得女儿离家出走；就是这一耳光，让离家出走的路丹丹成了一个大老板的代孕妈妈；向往时尚的女儿放弃了自己的学业，不能理解父母所从事的工作，这使路远和谌红感到万分痛苦，但他们却从自己的工作中得到了极大的快乐。我为他们安排了这样的一段台词——

路　远　岁月匆匆啊，生命的诞生、成长、衰老和死亡，每时每刻都在发生着。

谌　红　是啊，生和死是每个人都必须经过的两个站台，从起点站到终点站，一个完整的轮回。

路　远　谌红，你看我们俩的工作很有意思啊，我工作在人生的起点站，你工作在终点站，像是老天爷刻意的安排。

谌　红　你每天面对的是婴儿的啼哭，一句句恭喜和问候，一束束美丽的鲜花。我呢？每天面对的是揪心裂肺的号啕、低沉的哀乐、白色的花圈。不过，现在都习惯了，说热爱也未尝不可。

路　远　是啊，热爱工作，才能热爱生活。就拿我来说吧，产房里即将做母亲的女人那痛苦而又带着甜蜜的呻吟，婴儿来到人间那第一声清脆的啼哭，止血钳那叮叮当当的响声，甚至护士那匆匆来去的脚步声，我听起来都好像是美妙的音乐。

谌　红　人真是奇怪，一旦爱上了某一项工作，便会全身心投入，觉得很崇高，很神圣。记得第一次走进停尸房的时候，我害怕，全身每一个毛孔都在收缩，每一个细胞都在颤抖。躺在铁床上那些没有生命的躯体冷冰冰的，皮肤没有弹性，缺少温度和水分，别说接触，还没有靠近就让人不寒而栗。

路　远　你还没有忘记第一次走进停尸房的情景啊？

谌　红　怎么会忘记？是你帮我度过了最初的恐惧，你陪我在黑暗中抚摸那些冷冻的遗体，还自己装作死尸让我化妆。现在即使是在停电的情况下，我也能将一具尸体的面容化妆得漂漂亮亮的。我曾经多次梦见那些被我化妆的人，他们不是青面獠牙，也不是面目狰狞，而是一个个浓妆淡抹，拿着鲜花向我微笑，对我说：“感谢你，把我们打扮得这么好看，来到另外一个世界上。”

《生命如歌》写的是一场悲剧，但我不想把它写得悲悲戚戚，想尽量弄得悲而不伤，于是我安排了这样一个结尾——

> 舞台上红色的光渐强，强到如一轮红日喷薄而出，鲜艳夺目，犹如血的颜色。许多婴儿哭声、笑声一起响起来，这哭声和笑声似乎充满了整个剧场，激动人心，十分壮观，让人想到春天，想到花开；它昭示着生命的延续，生生不息。这时候，路远和护士推着轮椅上抱着孩子的花小果从舞台深处缓缓走来。她说：“我终于尝到了生孩子的滋味，那种痛并快乐着的滋味。新的一天开始了，早晨的阳光这么灿烂，生活是这么美好！此时此刻，我想以我新生儿子的名义告诉每一个人：我爱你们！”

我一边写一边想象着：舞台上的一片红光之中，剧场里到处充满着新生婴儿的哭声和笑声，那是一个多么让人激动而又感动的场面啊！写着写着，我的眼眶湿润了。

剧本写好以后，带到我们的梅龙剧社交流会上，听取了几位老师、专家的意见，然后又做了一些修改。这是我写的第一个话剧剧本，我不知道它能走多远，今后的路有多长，那都似乎并不重要了；重要的是我享受到了一种创作的过程，那同样是一个“痛并快乐着”的过程，一个编剧，并不是每写一部剧本的时候都能享受到这个过程，所以我很珍惜。

厨艺厨艺，厨子不仅仅是一门手艺，
里面还包含了许多生活的道道。
就好比写文章，好的文章讲究意料之外，情理之中；
炒出一盘好菜，也是一样的道理。

一位大厨和十二部获奖剧本

皖南有许多值得一去的地方，泾县茂林便是其中之一。

小小的泾县城，大大的茂林镇。茂林不算繁华，从那古色古香的老街上却走出了一个又一个令人肃然起敬的人物，其中杰出的代表便是让小镇人引以为骄傲的“三吴”——书画家吴作人、文学家吴祖缃、书法家吴玉如（吴小如之父）。

静静地伫立在以皖南事变爆发时间命名的“41.1.7”广场，看着东流山苍翠如屏，云起云飞，耳边似乎还能听见将近七十年前那密集的枪声，那悲壮的呐喊，还有枪声和呐喊声归于沉寂之后松涛的哭诉，泉水的呜咽。

一个小镇，有着如此厚重的人文历史，如此沉重的一页记忆，是没有理由不来造访的。20 世纪 90 年代初，一个梅雨潇潇的日子，宣城一班本土剧作家们在这里召开了一次剧本创作会，从此便和这个被大山的屏风遮掩着的小镇，结下了不解之缘。小镇安详、静谧。安详得如一个与世无争的哲人，静谧得如一片波澜不惊的湖水，正好契合了看上去有点不食人间烟火的剧作者们的秉性。从此，他们每年都要来到茂林，不将随身带来的稿纸写完，不走出小镇。

茂林能够吸引这群文人，除了在这里能枕着东流山的松涛入眠，探寻大师“三吴”的足迹，还有一个重要的原因，就是小镇上有个名叫吴本良的厨师，做得一手好菜。吴本良出生在一个厨师世家，很小的时候就跟父亲学做菜。父子俩有几个拿手的好菜，最有代表性的是茂林糊、红烧蹄髈和清炖子公鸡。1985 年，吴祖缃回到茂林，就是吴家父子给他掌勺做菜，这位文学大家吃了蹄髈和糊，忍不住老泪纵横，那是他几十年魂牵梦萦、正宗的家乡风味啊。

红烧蹄髈要经过七八道工序：先是过水，抹红曲，油炸，入高汤，然后猛火烧开，加入冰糖、大茴香等十多种调料，蹄髈上面覆盖一层豆腐皮，文火慢炖两三个小时，这样做出来的蹄髈入口即化，肥而不腻，咸中带甜，让人回味无穷。

吴本良做的糊，人称茂林糊，将肉鸡大火炖烂，剔除五脏、骨头，或者瘦猪肉炖成肉糜，放入香菇、冬笋、虾米，将花生、核桃等研末投入，打入鸡蛋搅拌，撒上细香葱、姜末做成糊状，营养丰富，滑爽可口。

红烧蹄髈和糊是茂林小镇的两道招牌菜，而以吴本良做得最好，这是宣城戏剧家们多次品尝之后得到的共识。因此，每次到茂林来搞创作，住下来之后跟旅店老板提出的首要条件就是：必须要请吴本良来掌勺做菜。那时候，吴本良还没有自己的饭店，是个上门给人办酒的“游厨”。

剧本写不下去了，想吃红烧蹄髈，想吃糊，这成了一个冠冕堂皇的借口；吴本良从选料，到烹饪，精心烹制。吃了蹄髈，吃了糊，再没有理由懈怠了，老老实实关在房间里写稿。

吴大厨除了上述两道招牌菜，总能变着花样弄出一些新鲜的菜肴出来，让人惊喜。和所有的大厨一样，吴本良自然喜欢听吃的人夸奖他做的菜肴。得了夸奖之后，他往往能说出一些让我们这些写剧本的人深受震动的话来。比如他总结自己做菜的诀窍，便说：“做菜和写文章一样，每一道菜要根据不同的材料采取不同的火候，什么时候大火炒，什么时候小火焖，什么时候加入调料，什么时候起锅，都极有讲究。这些关门过节掌握得恰到好处，炒出来的菜就像一篇好文章一样，读起来津津有味。”

不知道是沾染上了古镇的钟灵毓秀，还是受到吴大厨做菜的启发，茂林成了“宣城戏派”的剧作家们继九华山之后，又一个剧本创作的福地。在五六年的时间里，有数十部剧本在这里诞生，其中获得省级以上奖励的剧本就有十二部。张亚的《草色青青》获得安徽黄梅戏剧院向全国征集剧本第一名，由省黄梅戏剧院排演；俞丰年的《老板娘》先后获得中宣部

“五个一”工程提名奖、安徽文学奖，《推销员之恋》获得扬州市全国剧本征稿第一名；杨跃庭的大戏《竹叶青青》由《安徽新戏》发表，小品《一撮毛》《心狱》等先后获得安徽省小品大赛一等奖，其中《一撮毛》后来由潘长江主演，改名《钱哪去了》登上了中央电视台《综艺大观》；张玉屏的《水妹子》由皖南花鼓戏剧团搬上舞台，并参加省艺术节；朱先明的大戏《绿太阳》获得安徽省第二届规划题材剧本评奖二等奖，《安徽新戏》发表；黄廷洪的小品《老油条发脆》获得安徽省小品大赛一等奖，《白果树下》获得安徽省首届规划题材剧本评选二等奖，《安徽新戏》发表；《豆腐宴》获得文化部舞台艺术优秀剧目奖，第九届中国戏剧节优秀剧目奖。

这一部部获奖作品，如同吴本良做的菜肴一般，有色香味浓的大菜，也有风味独特的小炒，它们都有一个共同的特点，那就是都洋溢着浓郁的皖南地域特色和本土风情，成为宣城乃至安徽戏剧创作一道亮丽的风景；茂林也成了剧作家们常常回忆的地方。

今年中秋刚过，别了近十年之后，我们又一次来到了茂林，欣喜地发现，吴本良已经有了自己的酒家。品尝着那浓香扑鼻的茂林糊，回味着那红烧蹄髈纯正诱人的清香，一缕温馨从心底油然而生。时光荏苒，吴本良除了肚皮鼓凸了一些，似乎没什么变化，而他对于厨师这个行当的见解也似乎比过去更深，更透彻了。他说：“厨艺厨艺，厨子不仅仅是一门手艺，里面还包含了许多生活的道道。这些道道你参悟透了，懂了，手中的刀和勺才能耍得得心应手；就好比写文章，读书破万卷，下笔如有神。一篇好的文章，讲究个意料之外，情理之中；炒出一盘好菜，那也是一样的道理。”

听着这些朴实而富有哲理的话，剧作家们简直有些茅塞顿开了，他们套用那句“熟读唐诗三百首，不会吟诗也会吟”，风趣地说：“多吃吴大厨做的菜，多和他聊天，不会写戏也会写!”

写作的人总是常常沉浸在自己营造的童话里。

也许现实生活中有很多不尽如人意，

我们周围还有很多的虚伪与狡诈，

正因如此，我们才更加渴望生活有更多爱的阳光。

有多少爱可以重来

——写在《天下第一墨》上演之际

作为一个编剧，每一部作品上演之后，我总喜欢静静地站在音乐终止、大幕落下的舞台上，独自享受那份人走曲散的空旷，让自己的思绪缓缓地从戏中解脱出来，慢慢地回到现实。于是，有关这个戏的受孕、分娩和呱呱落地的过程，便如同一泓涟漪，在脑海中荡漾开来……

一位著名剧作家说："我的每一部作品都有一段曲折的故事。"在剧本创作上，我没有那么大的成绩，但我的每一部搬上舞台的剧本，也几乎都有着一段曲折的经历。《天下第一墨》从落笔成稿，到呈现舞台，前后有5年的时间。

写一部富有安徽地域特色的剧本，一直是我想做的事情，于是我将自己曾经发表在《今古传奇·故事版》上的一篇作品改编成了戏曲剧本，2008年安徽省文化厅向全国征集舞台剧本，这个剧本获得了第二名。今年年初，市委宣传部的领导看了剧本，决定作为争创省委宣传部"五个一"工程奖剧目进行排演。

《天下第一墨》的主题，可以用一个字来概括，那就是：爱。主人公古振邦被称为一代墨痴，他对于祖上流传的徽墨技艺有着执着的爱，这种爱伴随着一种沉甸甸的使命感，早已超出了个人的、家族的恩怨，所以当面对恩将仇报的月家父子时，方能够大义昭昭，体现出海一般宽广的胸怀；这种爱，便是大爱。作为全剧的另一个主人公，月有光的爱更是包含了许多一言难尽的人生况味。他本来是被父亲作为一枚商场棋子来到古家“卧底”的。三年的朝夕相处，他不仅对古老板的女儿花椒产生了浓烈的爱情，更对古振邦献身徽墨的精神耳濡目染，心存感佩。可是，因为身份的特殊性，这种爱越是浓烈，内心的负罪感越是煎熬。他时时刻刻处在一种两难的选择之中：要么背弃父亲，守住与花椒的爱恋；要么背弃古家，带着秘方悄然离去。换句话说，他要么选择真爱，要么选择卑鄙。最后，由于父亲的驱使，他选择了后者。爱，如同一道闪电，在他的心中闪过，却倏尔失去了。尽管这种选择有被动的因素，此后的日子里，作为一个血肉之躯，他内心的挣扎与灵魂的拷问是可想而知的，自责与愧疚如同毒蛇，缠绕着、纠结着、吞噬着他的灵魂。我想通过塑造这个人物告诉人们：这个世界上，真情难得，真爱可贵，就像他自己唱的：“心中没有真诚在，空剩躯壳一骷髅。”

《天下第一墨》走向舞台的过程，同样可以用一个字来概括：爱。宣传部决定投排这个剧本时，我的父亲被确诊为肺癌。那天，我独自一个人蹲在上海中山医院里一棵广玉兰下面抱头痛哭。宣城这边，催促我尽快回来修改剧本，而看着病床上的父亲，我又如何能走得开！看见我一个又一个接电话，父亲知道我忙了，让我赶快回家。于是，在不到一个月的时间里，从上海到宣城，又从宣城到上海，我连续往返了四次。住在梅龙的一个农家乐修改剧本的时候，眼前时常浮现的是中山医院夕阳下的草坪上，父亲那佝偻的背影，医生说他在这个世界上的日子已经是按月来计算了；陪伴父亲在医院散步的时候，眼前时常浮现的又是即将在舞台上呈现的悲欢离合。宣传部的消息说，这个戏已经被确定为全市庆祝建党九十周年献礼剧目，省委宣传部也确定该剧为今年全省重点文艺创作项目。我爱我的父亲，我也爱我的事业。

三月的梅龙，桃花开了，梨花开了，油菜花更是遍地金黄。此前我曾多次来过这里，一边写剧本，一边聆听小溪的浅唱，竹林的絮语，目睹夕阳吻别山峦时那一抹让人心动的嫣红。那些没有牵挂的日子，多少次晚饭后，我惬意地沿着那条村村通水泥路散步。溯着潺潺的小溪往上走，如同走在一幅清新淡雅的水墨画轴中。在这里，我写完了话剧《生命如歌》，写完了小戏《刘二嫂打呼噜》。

现在，昨晚还在上海，今晚便到了梅龙。也许是心情的缘故，站在中山医院的住院楼上，看着大都市璀璨的灯火，闪烁着的车水马龙、灯红酒绿，让我觉得那么缥缈，那么不真实。而此时此刻，看着这乡村寥落的灯火，躺在农家的木板床上，听着山里的那份宁静，想一想自己的剧本，想一想自己的亲人、朋友、同事，让人觉得这就是真实而安静的生活。什么也不去想的时候，就打开窗户，看着窗外黑黢黢的山峦。有时候，一轮明月正挂在山顶；有时候，浮动的雾气朦胧了山的剪影，村的轮廓。

杨花落尽、麦子微黄的时候，剧本改完了；此后的排演虽然费了一些周折，总的来说还算顺利。大幕合上的那一刻，完整地看完了自己鼓捣的文字成了一部舞台作品，要说的话自然很多。我要感谢生活，任何艺术作品都是感情与生活的馈赠，如果没有生活的感悟，就不会有《天下第一墨》；我要感谢市委宣传部的领导，没有他们的重视，《天下第一墨》也许只能是一叠纸上的文字；我要感谢我的合作者——导演、演职人员，他们为这个戏付出的劳动也许一点也不比我少。我当然更要感谢我的亲人们，在老父患病、我忙于这个戏的时候，是他们给了我太多的安慰，太多的温暖，太多的关爱。

有人说，写作的人总是常常沉浸在自己营造的童话里。也许现实生活中有很多不尽如人意的地方，我们的周围还有很多的虚伪与狡诈，正因如此，我们才更加渴望生活有更多爱的阳光。

人生苦短，有多少爱可以重来？所有的这些，我将倍加珍惜……

生活中，有些真实的事情
比剧作家在舞台上杜撰出来的故事更加精彩……

一波三折说“王婆”

我的小戏《王婆卖瓜》创作已经有5年了。对于一个戏来说，5年的时间往往是很短的。可是，这个舞台演出仅仅20分钟的小剧本，戏外戏却是一波三折，似乎比戏的本身还要精彩。

2004年，我所在的安徽宣城市要承办全国“曹禺杯”小品、小戏大赛。这个消息让我们这些本地作者都有些吃惊。在我们的印象中，中国剧协历届曹禺杯小品、小戏大赛都是在经济实力雄厚的发达城市举办的。宣城作为一个相对欠发达城市，破天荒举办如此高规格的全国文艺赛事，一开始还真的让人有点难以置信。

后来，市委书记召集作者开了一次会，发动大家搞创作，拿出好作品参加曹禺杯。在创作剧本的时候，我想到了自己2002年发表在《安徽日报》上的一篇小说《王婆卖瓜》。大致内容是：卖瓜的王婆每年贩运西瓜的路上都要经历扣车、罚款之苦，往往一车西瓜运到省城已经倒了瓤子。今年灵机一动，贩了一车半生不熟的生瓜，没想到却是一路畅通，由此而引发出一场喜剧。我很顺利地把小说改成了剧本。2004年，中央开始重视“三农”问题，这个本子送到省里征求意见，很是被看好。

我所在的区文化局领导决定把这个戏排出来，后来请到了省里的一位导演。此时，市文化局也请了这位导演排另一个戏，两台小戏同一个剧团、同一个导演一起排。六月份，两台小戏参加了当年安徽省小戏、折子戏调演，《王婆卖瓜》获得了优秀编剧奖、优秀作曲、优秀表演等奖项，受到了专家、观众的称赞。颁奖晚会上还特意邀请这个戏再度出演。

按照全国“曹禺杯”小品小戏大赛“不成文的规定”，举办城市可以有两个作品不经过全国性选拔便可直接进入决赛，参加安徽省单独组成的一个专场演出，这场演出有十部作品。也就是说，如果不出意外，《王婆卖瓜》和我市的另外一个小戏将顺利进入曹禺杯决赛。因为有了参加省调演的获奖，我所在区文化局领导认为《王婆卖瓜》上曹禺杯是不成问题的。没想到临到决定节目的时候却出了戏外戏：市文化部门“经研究决定”，只上市里排的另外一个戏，“王婆”不上了。探问原因，不知为何。后经多方打听，才得知，原来有一个县悄悄地排了一个小戏，又“悄悄地”做通了相关方面的工作，可怜的“王婆”被人顶替了下来。

“王婆”很伤心，作为编剧，我当然更伤心。然而好戏还在后面，就在“曹禺杯”开幕的前夕，突然传出消息：那个将《王婆卖瓜》顶替下来的小品，原来是个抄袭之作。抄袭的东西怎么能拿到“曹禺杯”的舞台上去比赛？而这时候大赛的各项筹备工作已经就绪，虽然“王婆”还想上舞台，却已不可能，可怜的王婆，只能眼睁睁地看着原本十部作品的那场比赛成了九部作品。

就这样，卖瓜的王婆与在自己家门口举办的曹禺杯舞台擦肩而过。第二年，我到江苏淮安去修改剧本《豆腐宴》，谈到这段戏外戏，既是导演又是副局长的廖寿儒先生让我把剧本给他，后来，《王婆卖瓜》由淮海剧团重新排演。编剧还是那个编剧，王婆还是那个王婆，这个戏后来参加了中国剧协举办的全国小戏艺术节，据说反响还不错；后来又应文化部邀请进京参加慰问农民工演出，据说也不错。淮安方面还把《王婆卖瓜》的排演作为当年文化部门取得的一项成绩写进了相关材料。这些，虽然让老王婆的心里多少有了点安慰，却也无法完全弥补当初的那份失落。

2007 年，我把《王婆卖瓜》寄到了《剧本》杂志社。《剧本》代表了全国戏剧创作的最高水平，我想检验一下“王婆”的质量究竟如何。大约是几个月以后，责任编辑和我通了电话，说准备发表。接下来便是等待，等了快一年也不见发表，我还是沉不住气了，打电话给责任编辑。编辑说她在一个培训班上看到一个小戏，跟我的剧本情节一模一样，问我怎么回事？编辑的口气，多少有点怀疑我是不是抄袭的意思。我有些发蒙了，突然想到曾经把发表在《安徽日报》上的小说《王婆卖瓜》改编成故事，参加当年上海金山举办的故事大赛，获得了一等奖。这次大赛《故事会》作为举办方之一，发表了这个稿子，可能是那个人根据《安徽日报》或者《故事会》上的王婆“改编”的。编辑让我把当期的《故事会》邮寄一份给她，这才洗清了她对“王婆”的猜疑。

没等《王婆卖瓜》在《剧本》发出来，又出了一件事情：有一天，有个文友告诉我，网上有个小品《一路顺风》跟我剧本的情节一模一样，参加过广东省的几次行业演出，还获了奖。我通过电话辗转找到了作者，对方说是根据《故事会》上的一篇故事改编的。我哭笑不得，声明他侵犯了我的著作权，要他赔偿我的损失。这件事后来不了了之，对方也是个搞创作的，都是同行，想想还是作罢。这时候，已经是 2008 年的夏天了，看奥运会比什么都重要。

到了 9 月，《王婆卖瓜》在《剧本》月刊发表。

主旋律不是喊口号，
正能量不是人为地拔高。
弘扬生活中的真善美，
讴歌平凡人的不平凡事迹，
是文艺创作永恒的主题……

他是我们村里人

——大型皖南花鼓戏《好人曹二贵》创作琐谈

《好人曹二贵》是个命题作文。2015 年春，宣城市文明办约我创作一部好人题材的花鼓戏，接受任务之后就有些担心：我们身边的好人虽然很多，但好人不等于英雄，他们大都是生活中的平凡人，很难构成一部完整的戏剧，因为戏剧要有鲜明的人物、强烈的矛盾冲突、跌宕起伏的故事情节。看完了那些“宣城好人”“安徽好人”的事迹，我更是有些为难了。

将好人搬上舞台，虚构是必须的，没有虚构，不可能创作出艺术作品。于是，我将好几个真实的好人故事集中起来，写了一个详细的剧本提纲，剧名《丁香花开》。这里面有拾金不昧的故事，有助人为乐的故事，有奉献乡村教育的故事，也有众人捐资助学的故事。毫无疑问，这是一个主旋律、正能量的剧本提纲。讨论会上，与会人员提了许多意见，自己也感觉虽然剧本里的故事很“丰富”，但戏剧情节时常有另起一章的感觉，很难一气呵成，给人的感觉是全剧有好几个主人公，这可是我们剧本创作的大忌。

后来到宁国一个山村体验生活，看到那满山的山核桃，还有那些性格开朗的村姑村妇，我的心里被触动了。我决定放弃原来的构思，写一个山核桃之乡的故事，当然，这个故事离不开好人这个中心。

这些年来，我的剧本大多数都是农村题材。我来自农村，故乡的山水人物，故乡人的一颦一笑、一举一动，他们的所思所想、喜怒哀乐是我再熟悉不过的。于是，一个基层小组长曹二贵的形象渐渐在心里明晰起来。我要写的这个曹二贵，不是一个高大全的英雄，不是一个致富能人，甚至没多少文化。他忠厚、善良，面对能言善辩、胡搅蛮缠的寡妇金大嗓甚至有些发怵，他就是一个平凡的乡村好人，这就够了。在我们老家的村子里，这种淳朴的好人远远多于那些思想活跃、能说会道、敢闯敢干的聪明人。

给曹二贵这个人定位之后，接下来要做的事情就是把那些宣城好人的材料有选择地“安装”到曹二贵身上。我让他只做了三件事：捐助贫困生林晓月上大学，将被儿媳妇赶出家门的唐文斋认作亲爹侍奉，车祸来临之际，舍身救人。这三件事都不是孤立的，它将本剧的几个人物扭结在一起，而且完成了一个完整的戏剧冲突。曹二贵做的这三件事看似平凡，其实仔细想想一点也不平凡。他如果是个乡村大款，资助一个大学生也许没什么稀奇，但他自己的生活也算不上富裕。将一个没有血缘关系的老汉当作父亲奉养，可不是一朝一夕的事情；而挺身救人，更是有可能付出生命的代价。这三件事，哪一件都是我们当今社会所需要的主旋律和正能量。主旋律不是喊口号，正能量不是人为地拔高。弘扬生活中的真善美，讴歌平凡人的不平凡事迹，我想这正是好人的价值所在。

《好人曹二贵》在农村一个社戏庙排练的时候，引来了当地的一些群众来看热闹。人们看着看着，就被剧情吸引了，说：“这个戏说的是我们身边的事，我们爱看。”听了这些议论，我的心里还算宽慰了许多。更让我欣慰的是，宣城市青年花鼓戏剧团演员王玉扮演的马大嗓这个人物，为这个戏增色了许多。马大嗓对于这台戏的贡献，超过了一号人物曹二贵。说起王玉，让我想起二十多年前我们的一次合作。1993 年我的第一个小品《冒牌乡长》里的女主人公就是王玉扮演的，这个作品在省里获得了一等奖，后来参加华东六省一市电视台春节联欢会，虽然换了省里的演员，但如果没有王玉他们的首演，肯定不会走得那么远。这次我们再次合作，让我看到了她的成长与实力。

近年来，作为一个本土的编剧，我呈现给了宣城观众三台大戏。《天下第一墨》是一部具有严肃思辨色彩的正剧，《红月亮》描写特定时期人性博弈与回归，是一部悲剧；而《好人曹二贵》我把它定位成“乡村轻喜剧”。我来自农村，熟悉农村。我的众多的小戏小品大都是乡村题材，如《豆腐宴》《王婆卖瓜》《刘二嫂打呼噜》《春江水暖》等。《好人曹二贵》中的曹二贵和马大嗓就是我们村里的人，我时时想念着他们。

我们可以没有钱，但不能没有良心；
我们可以丢掉很多，但不可以丢掉善良。
那一轮带着淡淡忧伤、淡淡哀愁的红月亮，
在我心里悬挂了二十年……

淡淡的忧伤，淡淡的愁

——皖南花鼓戏《红月亮》创作余墨

剧作家最幸福的时刻，是坐在剧场里看着舞台上的演员们演绎着自己的作品；那些悲欢离合，那些酸甜苦辣，那一个个从自己的笔端走到舞台上的活生生的人物，感染着观众，也感染着自己；然而剧作家最尴尬的时刻，也是坐在剧场里观看自己的作品：看着自己挖空心思创作的作品不能引起观众的共鸣，本来就为数不多的观众稻草包泥鳅——走的走、溜的溜，那种尴尬与无奈是难以言状的。

元月19日晚，在走进剧场的那一刻，我还在犹豫：要不要坐下来看这个自己写的戏？一个民营剧团排演的戏到底有多少观众？中场会有多少人走的走、溜的溜？看着看着，我很快发现自己的担心是多余的，剧场里不仅来的人很多，而且观众很快被剧情和演员的表演吸引了，情绪一直跟着演员的节奏在走，台上台下产生了一种强烈的共鸣，关键的场次剧场里鸦雀无声，几乎每场切光时观众都不吝啬自己的掌声；这正是看戏的最佳状态。

整个演出算不上尽善尽美，也还有许多遗憾的地方，但一个民营剧团能把一个现代大戏演到这个程度，实属不易了。作为编剧，我的心里有了一些感动，于是，关于这个剧本的点点滴滴，又重新在脑海里浮现：

《红月亮》这个剧本，原名叫《白果树下》，写于20世纪90年代，是我正式发表的第一个大戏，它最初的灵感源自我1991年4月30日发表在《安徽青年报》上的小说《白狐》。这篇小说的大意是：在皖南一个偏僻的小村里，一个母亲生下一个婴儿，却少了一只耳朵；巧的是，村子里原来就有个只有一只耳朵的光棍汉，于是一场长达几十年的悲剧从此展开。

从一篇不足两千字的小说，到一部大型舞台剧，经历了整整三年。1994年上半年，宣城的剧作家们在泾县茂林写戏，踏着古镇幽静的老巷，听着东流山起伏的松涛，我对自己说：我要写一部观众们真正爱看的戏，自然想到了小说《白狐》。剧本很顺利地写出来了，取名《白果树下》。下半年，安徽省文化厅在全省范围选剧本，《白果树下》成为十几个选中的作品之一。作者们聚集在安徽大学招待所修改剧本闲暇时，走在大学校园里的林荫道上，我不止一次地想：我要是能有一段在大学校园里做学子的经历，该多好！

一个星期的改稿很快结束，后来，《白果树下》获得了全省规划题材剧本评奖第一名；剧本获奖了，《安徽新戏》刊物也发表了，但我依然觉得意犹未尽，趁热打铁，将这个故事写成了一部二十多万字的长篇小说，取名《红月亮》，投寄给了《今古传奇》。

之所以取这个名字，是因为我喜欢天上的红月亮，不仅好看，还给人一种淡淡的忧伤、淡淡的哀愁之感，和我写的这个悲剧故事主基调很贴切。

1995年金秋时节，我接到编辑部的通知，去武汉修改这部小说。那是我第一次到外省改稿，改稿之余，编辑部安排我们东湖泛舟，琴台漫步。后来，这部小说在刊物上发表出来，名字变成了《孽种情仇》，字数也仅剩下了十二万字，把应有的环境描写、心里活动和许多枝节都砍掉了。从一篇小小说到一个大型舞台剧，再到一部长篇小说，这个故事每写一次，都让我感动一次，一点也不夸张地说，写到几个地方，总有一种想流泪的感觉。

和我的许多剧本一样，这个戏也经历了许多的周折。虽然发表了，获奖了，但剧本的生命力在于舞台。外省曾经有两家剧团要排演这个剧本，有个剧团的导演作曲班子都搭起来了，终因剧本中的“割耳朵”过于“血腥”，未能通过有关部门的审查。2013年，这个戏入选省委宣传部“四个一”（即一戏、一片、一展、一园）文化品牌项目，这才有观众看到的

《红月亮》。

《红月亮》是一个令人揪心的悲剧故事，既是时代的悲剧，也是人物性格的悲剧。我想通过这个戏告诉观众：我们可以没有钱，但不能没有良心；我们可以丢掉很多，但不可以丢掉善良。那一轮带着淡淡忧伤、淡淡哀愁的红月亮，在我的心里悬挂了二十年，终于被搬上了舞台，虽然是民营剧团演的，虽然有不少的遗憾，但我还是要感谢演员以及我的合作者——导演、作曲等朋友付出的心血。

高谈阔论非狂傲，
臧否人物只为真；
一介文人，手无权柄，身无长物，
只有一张嘴，一支笔；
有嘴，便大声疾呼；有笔，便秉笔直书。

率真率性一文人

——孔令培先生印象

宣城的文友圈中，孔令培先生是一位知名度很高而又个性鲜明的人物。他80年代初曾经在宣城县文化局供职，后来调到地区文化部门工作，我们虽然不曾同事，他却既是我的文友又是我的师长。退休之后的孔先生笔耕不辍，文思不竭，宝刀未老，我们的接触反而比他在位时更加频繁。隔三岔五，酒馆小酌；切磋掼蛋牌技，更切磋文章之道，对于其人其文了解更透、知之更深。

在我的心中，孔令培先生是一位富有成就的艺术家。他的艺术成就我以为至少表现在三个方面。

首先，他是一位有着自己风格的作曲家，尤其是在皖南花鼓戏的音乐传承与创新方面，他承先启后，继往开来。从进京的大型古装戏《羯鼓惊天》到获得中宣部“五个一”工程提名奖的大型现代戏《老板娘》，从《皖南花鼓戏音乐》到众多的获奖歌曲，他以自己的音乐作品获得了国家一级作曲的职称。如果说，安徽黄梅戏的繁荣发展与时白林等老一辈作曲家在音乐方面的贡献功不可没；那么，皖南花鼓戏在改革开放新时期的繁荣发展，与孔令培先生在音乐方面的贡献同样是分不开的。

其次，孔令培先生是一位艺术评论家。我从80年代初宣城本土的报刊上就不断拜读他的艺术评论文章，是先读了他的文章，后认识他的；至今为止，宣城在艺术评论方面，还无人能与其企及，因此，称他为宣城首席评论家应该是实至名归的。

第三，孔令培先生还是一位成绩不菲的散文高手。他的足迹遍布大江南北。每到一处，大多有精彩的文字见诸报端。他走过大山，大山在他的笔下傲然多姿；他走过好水，好水在他的笔下缠绵多情；他走过古城，古城在他的笔下发出历史的回声。

正因如此，说他是一位富有成就的艺术家，相信这不是溢美之词。

在我的眼里，孔令培先生不仅是一位富有成就的艺术家，还是一位富有个性的性情中人。在他的身上有把酒临风、啸傲狂歌的豪情，也有仗义执言、敢说真话的气魄。面对不平人、不平事，他常常会拍案而起，挥斥方遒；每有值得推介的新人新作，他都会大加赞赏，毫不吝啬自己的褒奖与鼓励；说起皖南花鼓戏的没落与衰微，他痛心疾首、大声疾呼；而谈起披着谦谦君子外衣的恶俗小人，他总是咬牙切齿，从不掩饰自己的鄙视与轻蔑。

孔令培先生的率真率性告诉我们这样一个道理：无论是没有个性的艺术家还是没有个性的艺术作品，必将是一杯寡淡无味的白开水。纵观古今中外艺术大家，无不有着鲜明的个性与独立人格。高谈阔论非狂傲，臧否人物只为真；一介文人，手无权柄，身无长物，只有一张嘴，一支笔；有嘴，便大声疾呼；有笔，便秉笔直书。

在我的眼里，孔令培先生不仅是一位富有成就的艺术家，不仅是一位富有个性的性情中人，更是一位可以相知相交的朋友。

虽然我们从年龄上说，相差十几岁，属于两个时代的人，交往这么多年，却毫无代沟。我们的合作并不多，当年，他因为喝酒而摔伤了腿住院，为了我的剧本《王婆卖瓜》能顺利搬上舞台，躺在病床上操刀作曲的情景至今历历在目，不能忘怀。这个小戏后来在省城出尽风头，拿了许多大奖，与他的辛勤劳动是分不开的；我的大戏《天下第一墨》他虽然不再担纲作曲，却自始至终作为艺术顾问之一，提出了许多颇有见地的意见和建议。

最近两年，我们经常一起出游：齐云山禅道，西递宏村访古；雨中游练江，遥想徽商的足迹；漫步渔梁镇，倾听历史的回声；夜宿泾县水墨汀溪，感受山村夏夜的宁静；荡舟千岛湖，畅谈艺术与人生；登上天目山，在飒爽的秋风里欣赏层峦叠嶂波涛涌、苍松古木接云天，此番心境，只有一位伟人的两句诗是最好的诠释：会当水击三千里，自信人生二百年。

紫槐花香的五月，我们举行毕业二十周年联谊会，
自然又想起了头发稀疏、笑容和蔼的何强威先生。
如果健在，他肯定会来的，可他毕竟走了……

忆何强威先生

1984年那个细雨霏霏的秋天，我们来自宣城地区5个县的34名民办教师走进了宣城教师进修学校，开始了为期两年的学生生涯，班主任是何强威先生。

那时候，我们的日子是拮据的，心情却是快乐的；虽然每月只有15块钱的生活费，却有一个美好的企盼在支撑着我们：两年之后就能摘掉头上那顶“民办教师”的帽子，成为捧“铁饭碗”的公办教师了。

何强威先生给人印象最深的是他那稀疏的头发，光亮的额头，还有那件沾着粉笔灰的藏青色中山装。他教我们心理学，那是一门很枯燥的课程，说实话，他的课讲得不算精彩，但在学校所有教师中，他备课显然是最认真的。那是一个创业的年代，也是一个激情四溢的年代，到处传唱着“年轻的朋友来相会”。我们的日子却很苦，34个人大都结婚成家，上有老下有小，为了家里的承包田，星期一的迟到和星期六的早退是经常发生的；到了农忙季节，旷课在家务农也大有人在。身为班主任，何先生总是不忍心批评，常常挂在嘴边的一句话就是：“下不为例，下不为例!”

转眼到了毕业的日子，何先生主动问我所去的学校落实了没有？按照规定，中师毕业只能当小学教师，我想做初中语文教师，因为我当民办教师的时候就是在初中任教。何先生希望我去水东的一所中学，他说他的一个同学在那里当校长，并写了一封热情洋溢的推荐信，让我去面见他的老同学，信的字里行间说了好些溢美之词。后来，我没有去那所学校，而先

生的那封信却一直保存了好些年。想到自己到了新的单位后，竟然没有与何先生联系过，不免很是自责。

我到了文化部门工作后，惊喜地发现何强威先生竟然还是一名业余作者。那年，他和文化馆黄德明先生合作的儿童表演唱《放鸭甜》在“宣州之声”上声誉鹊起，接着被选调到省里参加少儿文艺比赛，获得了一等奖。即便是专业作者，能有这样的成绩也很不错了；作为一个业余作者，说他出手不凡是一点也不夸张的。有一次开创作会，我特意邀请了何先生，那时他已经调到了八中任教。记得散会时他拉着我的手说，你现在成了专业作者了，我该叫你老师了，说得我有些无地自容。我们相约接下来合作一个作品，遗憾的是这个约定终究没能实现。

后来就得到了何先生因癌症去世的消息，那时他刚退休不久，听说两个儿子都还未能成家立业，师母没有正式的工作。面对简朴的灵堂里躺着的何先生，回想着他说话时的水东口音，我们都很悲酸，也很苦涩。

三年前那个紫槐飘香的五月，我们当年民师班的同学举行毕业二十周年联谊会，自然又想起了头发稀疏、笑容和蔼的何强威先生。时光过得真是太快，二十多年前，何先生是比我们现在还要年轻的，如果健在，他肯定会来的，可他毕竟走了……

他熟悉农村，熟悉农民，
熟知他们的喜怒哀乐，熟知皖南的风土人情。
他走了，带着深深的眷恋与挚爱……

怀念杨跃庭先生

初夏的一个早晨，突然接到广德解宗来先生的电话，说杨跃庭先生走了。放下电话，我默默地愣了好半天。

跃庭先生患病多年，又年近八旬，他的去世也并非十分突然。前几天，合肥凌树声导演路过宣城，专程前往广德看望了跃庭先生；我们几个戏剧同仁得知以后相约要去广德探望这位一直和病魔做斗争的老剧作家，没想到他却走了。

我第一次见到杨跃庭先生是1981年夏天，在原宣城地区文化局组织的九华山戏剧创作会上。那时候，他创作的小戏《春嫂》已经确定为进京演出的剧目；而且是为党的十二大代表演出，这不仅是他个人的荣誉，当然也是宣城戏剧人共同的荣誉。四十出头的杨跃庭先生朴实得像个刚刚从田间地头走来的农民，操一口浓重的湖北、河南一带移民方言。那是一个傍晚，我们围坐在一起，听着从一只卡式录音机里传出的皖南花鼓戏《春嫂》，说实话，我并没有感觉到有多么“高大上”。那时我才不到二十岁，算是个刚刚闯进编剧队伍的小辈，无论是艺术修养还是时代敏锐感都还不够。后来的事就经常被圈内人当作一段历史所提及了：《春嫂》赴京演出，大获成功，《人民日报》《安徽日报》都刊文评论，业内赞赏有加，成为新时期皖南花鼓戏的开山之作，也是人们说起改革开放后宣城的戏剧发展所必须要谈论的经典作品之一。

此后的一段时间里，我因为要捧上所谓的铁饭碗不得不暂时放下创作，错过了宣城戏派鼎盛时期的一些活动，也就没能和杨跃庭先生谋面。直到 1992 年调到文化局，走上编剧岗位以后，每次参加笔会都能见到杨跃庭先生。他为人朴实，不善言辞，有时候请他给我写的剧本提意见，他从不说一些云里雾里的套话，有一说一，有二说二，最后总要说“仅供参考”；他自己写的剧本也常常不耻下问，很谦虚地请我辈“多提宝贵意见”。这种相互间的切磋交流，是宣城戏剧创作的优良传统，让我学到了不少东西，用创研室主任王士能先生的话说，是“比上戏剧学院还管用”。从九华山到泾县茂林，再到溪口的梅龙，我们就如同窗学友，某一次笔会若是他没到，大家便有一种怅然之感。

杨跃庭先生的戏剧创作，大多以农村为背景。他熟悉农村，熟悉农民，熟知他们的喜怒哀乐，熟知皖南的风土人情。除了名闻遐迩的《春嫂》，他还创作了大戏《木瓜红枣的故事》《水香》《甜水村》《无风三尺浪》等。这些剧本无一例外都是农村题材，我很早有幸读到它们的手稿，一个强烈的印象就是杨先生的人物语言不仅风趣优美，而且极富戏剧化，因为条件限制这些剧本没能搬上舞台。这不仅是杨先生的遗憾，也是宣城戏派的缺憾。时间进入 20 世纪 90 年代中后期，跃庭先生创作的众多小品，成为他戏剧创作的又一个高度，也形成了宣城戏剧创作的又一个亮点。这个时候，戏剧舞台相对沉寂，宣城的一班剧作家们另辟蹊径，将目光转向了正方兴未艾的戏剧小品创作，曾连续十年在安徽省小品大赛中力拔头筹，这显然是一个了不起的成绩，也是“宣城戏派”值得载入史册的荣耀；而杨跃庭先生显然是宣城小品创作的领军人物。他的小品一反他的剧本温文尔雅、如诗如画的既有风格，选择了另一种路子：既生动幽默，又不乏思想的深度与艺术的力度，最著名的作品如《一杯碧螺春》《钱哪去了》等，被誉为当时安徽戏剧小品大赛十年间难得的优秀作品，即便是今天看来，一点也不过时。其中《钱哪去了》由潘长江主演，登上了央视的《综艺大观》，也是宣城乃至安徽作者创作的小品难得在央视亮相。

杨跃庭先生的小品和他的戏曲剧本不一样，他的小品泼辣、深刻，爱憎分明，入木三分，这和他宽容、绵柔的性格大相径庭。

来到杨先生简陋的灵堂，望着那张熟悉的照片，仿佛又看到他醇厚的笑容、听到他浓重的移民口音。他的儿子说，父亲生前给许多故去的老友写过挽联，如今他自己去了，却连个像样的挽联也没有，说得我们心里都酸酸的。

今年第十五届中国戏剧节期间，在银川见到了省里的几个戏剧界同行，自然会谈起宣城戏派，谈起宣城的作者。曾经有过的热闹与辉煌早已渐行渐远，当年和宣城戏派联系热络的省里同行有的已经退休，没有退休的也是两鬓如霜。难得见面，总要说起当年的九华山笔会，当年宣城戏派的“八大金刚”。我告诉他们，就在我动身前往银川前不久，杨跃庭先生也走了，省里的同行一个个唏嘘感叹。

在银川看戏之余，为杨跃庭先生草成挽联一副，以志怀念：

呕心沥血数本戏，唱出乡村悲欢离合。

废寝忘食几段词，道尽人间世态炎凉。

白云无忧，才飘得优雅，飘得洒脱；

溪水无欲，才流得奔放，流得欢欣……

走近水东花戏楼

五百年的日月轮回，五百年的风蚀雨侵。花戏楼，你静静伫立在这个江南小镇，如同一位沧桑沉默的老人。我走近你，带着敬意，带着虔诚。

你那古色古香的戏台上，上演过多少悲欢离合，世事纷争！锣鼓响过，生旦净末悉数登场：江湖义士肝胆相照，盖世英豪力拔千钧。虚荣繁华的背后，掩盖着帝王的奢侈、权臣的骄横；凄风苦雨之中，总是草民的叹息、百姓的悲鸣。一掬清泪化作乌江流水，淌不尽项王的遗恨；满腔热血溅上了猎猎旌旗，染红杨家将士报国的忠贞。西厢的冷月倾倒过多少痴男怨女，悠扬的丝竹成全了多少才子佳人。红氍毹上，窦娥和秦香莲联袂登台，控诉着绵延千百年的人间不平。西皮流水，流的是孟姜女千里寻夫的断肠泪；一段悲风，诉的是古长城下深埋的枯骨冤魂！戴枷的苏三那一声揪心的叫板，成了三月子规泣血的哀吟，让多少戏迷热泪满襟，以至于睡着了还从梦中哭醒。

终于听到了包龙图怒不可遏，断喝一声。这老儿咬牙切齿，双目圆睁，让多少戏里戏外的看客拍手叫好，让多少台上台下的贪官胆战心惊！

奸臣迟早总会被绳之以法，妖魔总斗不过足智多谋的大圣；忠良总会历经劫难，雨过天晴，落魄的书生总会坎坷之后花好月圆，光耀门庭。戏台下的人当然知道，戏毕竟是戏，可他们宁愿相信，真作假时假亦真！

曲终了，人散了，楼空了。只有西天明月一轮，照着百步三桥下的流水，九曲回环，淙淙铮铮。热闹也好，繁华也好，一眨眼都成了过眼烟云。

渐渐地，古老的戏楼不再有粉墨登场了，人间的活剧又何曾片刻消停？我问花戏楼：在那些万劫不复的年代，你遭受过怎样的摧残和欺凌？他只淡淡一笑：你去看一看十八踏的那些古民居，哪一座老屋没有岁月留下的遍体伤痕？你去数一数老街上的青石板，哪一块石板没有时光踩下的脚印深深。

古老的花戏楼啊，我——一个三流编剧，轻轻地走近你，不敢说自己写过几本戏文，只想抱着你的柱子，摸一摸，亲一亲。面对你，我是这么渺小。顶多再有数十年，我注定会化作一股纤尘，而你，仍旧端坐在这里，从容淡定，笑看风云，宠辱不惊。有多少人能从你油漆斑驳中读懂滚滚红尘里的炎凉世态？又有多少人能透过你层层叠叠的皱纹看清生活的舞台上，谁是君子、谁是小人？你告诉我：白云无忧，才飘得优雅，飘得洒脱；溪水无欲，才流得奔放，流得欢欣。人啊，得意也罢，失意也罢；甜也好，苦也好，都是一生……

你在天堂，我仿佛听到一个声音
在天宇间回响：回家，我想回家……

回　家

——吴琼主演黄梅戏《严凤英》观后

如同一朵美丽的昙花，你匆匆地开放，匆匆地凋谢。三十八岁的时候离开了人间，去了天国。来的时候带着无限的向往，去的时候，不知道对于这个给了你许多鲜花、许多掌声又给了你许多磨难、许多不公的世界有没有怨恨，有没有留恋。

戏里的你，一曲黄梅的悠扬，带着村姑打猪草的清纯，让多少草根为之动容；

戏外的你，短暂而绚烂的一生，带着那个时代难以诉说的辛酸，总让人柔肠百转，魂牵梦萦！

都说，演员在舞台上用自己的情感演绎着别人的故事；而你，分明演的就是你自己：在戏迷的心中，你就是七仙女的化身。天堂寂寞，人间有爱。没有爱情的生活即便是在钟鸣鼎食、彩云飘飞的天堂，也如同缺少阳光没有雨露的花草。于是，一颗少女的心便像开春的燕子，从天堂飞向了人间。衣袂飘飘，祥云朵朵，带着纯真，带着向往，那么兴致勃勃、兴高采烈。

你用自己的追求告诉世人：爱一个人，哪怕山重水复、万里迢迢；爱一个人，哪怕他上无片瓦、下无寸土。

你用自己的行动告诉世人：爱情其实很简单，你耕田，我织布；你挑水，我浇园；日出而作，日落而息。

——爱得就像槐荫树旁的那条小溪，清澈见底；爱得如同溪水里的一对鸳鸯，形影不离。

衣袂飘飘、轻舞飞扬的你也许做梦也没有想到，人间除了男耕女织叙恩爱，除了成双的鸟儿比翼飞，也有邪恶，也有严寒，也有风刀霜剑。人间有太多的磨难，人间有太多的痛苦，还有太多的尔虞我诈、钩心斗角。

仿佛是要考验世间的痴男怨女是不是真的会在天愿作比翼鸟，在地愿为连理枝，磨难总是在最甜蜜的时候如期而至。你用自己的信念告诉人们：真正的爱，哪怕是犯下天条，哪怕是遭受电火雷击，也痴心不改，义无反顾。

你用甜美的嗓音歌唱时代，歌唱生活，歌唱爱情，自己的命运却比那黄连还要苦涩；正是应了那句俗话：红颜薄命。

你走了，你的家本来就在天堂，那是一个人人都向往的地方，留下一个千古美丽的童话，连起了天上人间。

你走了，把带着乡音的黄梅调留在了人间广袤的山水之间。不知道天堂里有没有舞台，想象你依着天门，眺望人间，听着红尘中的人们传唱着“你我好比鸳鸯鸟，比翼双飞在人间”，我仿佛听到一个声音依然在天宇之间回响：回家，我要回家，这里不是我要待的地方，我要回到故乡去，那里有我的戏迷，那里有我的舞台，那里有我挚爱着的黄梅戏。

你说：“回家，我要回家……”

感谢当年那位种树的老人，
也许他早就知道：树也像人，
最大的寂寞莫过于心无所依，
所以才在一棵枫树的旁边又栽了另一棵枫树。

夫 妻 树

新杭镇横岗村村口，有两棵古老的三角枫，枝繁叶茂，相依相偎，如同一对互相搀扶的夫妻。上了年纪的人说，这两棵枫树是横岗的一位先人在光绪登基那年栽下的，先是栽了一棵，第二年不知何故又栽了一棵。如此算来，这对“夫妻”至少有一百三十多年了。

一百多年的岁月里，夫妻树看着曾经扎着羊角辫、在自己的荫凉下面跳着橡皮筋的小姑娘，仿佛一夜之间就成了新娘，在悠扬的鼓乐声中穿着大红的嫁衣，被一顶花轿抬出村子；走了很远，她掀开轿帘最后回望一眼的，便是娘家的这两棵古树。

一百多年的岁月里，夫妻树看着一辈又一辈的孩童背着书包从身边经过，然后沿着弯弯的村路走向学堂。有了那些清脆稚气的歌声读书声，静谧的山村亮堂了许多，也热闹了许多；那琅琅的童声从“人之初，性本善”到“我爱北京天安门”。

一百多年的岁月里，夫妻树看着一代又一代的年轻人走出山村，去寻找想象中的好日子；肩上的背包里装满了父母的一千个叮咛、一万个嘱咐，临别的脚步走过村口的老树下，虽然有些踌躇，有些迷茫，心中的理想却如同横岗的山坡上那些刚刚拱出泥土的竹笋，一抹新叶在初春的和风里绿得发亮。在外打拼的日子艰辛而枯燥，一个个思乡的夜晚，躺在属于城市人屋檐下，梦见的便是村口的夫妻树，还有树边的石桥下那脉脉的溪水。

一百多年的岁月里，夫妻树阅人无数，成了山村的一道风景：早晨，年轻的媳妇们挽着筲箕、提着木桶从夫妻树下走过，去河边淘洗；傍晚，牧归的老牛驮着顽童踏着夕阳归来。

夫妻树——横岗村最年长的老人，肆虐的风雨横扫着它们的信念，暴戾的冰雪摧残着它们的坚贞。风雨中，它们互相依偎，冰雪中，它们相互遮挡。六月里的炸雷劈断过它们蓬勃的枝丫，如今还能清晰地看见那伤痕扭结成的一个个痛苦的记忆。满月的夜晚，它们甜蜜地回忆着曾经有过的年轻：宽厚的大地给了它们肥沃的养分，灿烂的阳光丰满着它们成长的年轮。青春飞扬的日子，它们曾经有过这样的抱负：做一根正直的横梁，或者承重的柱子。如今，它们告诉对方同样的一句话：今生今世虽然没能实现自己年轻时的理想，我最大的幸福，就是没有离开过你一步。

夫妻树——横岗村最年长的老人，一百多个春夏秋冬，看朝代变迁如潮起潮落，看世事更迭如云起云飞。我要感谢当年那位种树的老人，也许他早就知道：树也像人，最大的寂寞莫过于心无所依，所以才在一棵枫树的旁边又栽了另一棵枫树。

我告诉老树，等到深秋，我还会再来，不为别的，只为讨一片殷红的枫叶做书签。它会告诉我，什么叫执子之手，白头偕老，不离不弃；什么叫厮守一生，相濡以沫，地久天长……

石溪，你使我明白了一个生活的哲理：
人生，不就应该像你这样，
去奋进，去开拓，去拼搏吗?

石　溪

九华山，不仅以佛教圣地闻名遐迩，同时也以它的优美景色吸引着八方游客。东崖云舫的悠悠古钟，旃檀林里的点点木鱼，天台正顶的晓日东升，无不使人驰魂夺魄，心游神牵；然而，最使我难忘的却是一条石溪。

从九华街上天台，过了茴香阁，顺石径而下，树荫蓊郁，峰回路转。快到中闵园，便听见轰轰隆隆的声音。走上一会儿，出现在眼前的便是一条小溪。小溪无名，因为多石，我们便叫它石溪。站在溪上的石板桥上，溯流望去，只见几丈高的瀑布飞流直下，跌入溪中。侧耳细听，隆隆之声里还夹着冒出石缝的溪流的汩汩之声，像长颈的空瓶浸在了水中。青山把浓浓的青黛色投进溪中，斜射的阳光透进山谷，溪上的水雾便映出一圈一圈的光环，五颜六色。最有趣的要数这溪中的石头了。也许由于水流长年的冲刷，它们一律很光滑，呈深褐色，有的如老牛饮水，有的像烈马振鬃，有的似金猴望月，还有更奇特的，裂开的石缝间竟然伸出几枝碧绿的松枝来，恰似梅花鹿的双角，真是千姿百态，令人遐想万千。

同伴告诉我，据山志记载，这里本没有石溪，有的只是一挂细瘦的山泉。后来，不知经过了多少年的冲刷、开拓，一条山泉才变成了今天这天浩浩荡荡的石溪，它冲走了泥土，清除了淤塞，开通了道路……

我的心头倏地一震。啊，石溪——顽强的开拓者，你使我明白了一个生活的哲理：人生，不就应该像你这样，去奋进，去开拓，去拼搏吗？虽然，我们生活的小溪有时回旋，滞塞，甚至有过低沉的呜咽、痛苦的沉默，而更多的时候，不正应该像你一样，去一路高歌，奔腾向前吗？

感谢你，石溪……

世俗的剪刀铰去你挚情的嫩芽，
一次比一次粗暴，一次比一次残忍。
但爱的心芽，剪去，还会再抽；
一次比一次鲜红，一次比一次柔嫩……

短歌四章

香椿树

到了爱恋的季节，你把自己的缕缕清香吐露给春天。因为你香，而遭到嫉妒。

世俗的剪刀铰去你挚情的嫩芽，一次比一次粗暴，一次比一次残忍。你那修长、挺拔的身躯由于扭曲而变形，弯弯曲曲，疤痕累累——每一道弯曲，都是一个痛苦的记忆；每一块疤痕，都是一个含泪的思索。

月下，你轻倚在春天的肩头，诉说爱的艰难——每一年清明，都是一次眼泪和着感情的煎熬；每一回抽芽，都是一场对于春天的苦恋。

你这样告诉春天：世俗的剪刀是可怕的，闪着逼人的寒光，但爱的心芽，剪去，还会再抽；一次比一次鲜红，一次比一次柔嫩……

怀念校园

心灵的旅程好长好长，走得很累的时候，好想成为一只洁白的鸽子，飞回九月的校园。

人生的扉页上铅印着纯洁、向往；青春的贺卡上写满了友谊、真诚。

多少含苞的遐想在如梦的季节盛开。当然也曾哭过，窗口飘进一片秋天的红叶，有过好一阵伤感；琼瑶那虚构的美丽，曾经赚取过我们许多的眼泪。恨过那上课的钟声，恨过那一黑板一黑板的公式、定律和算题。恨那书包是一座山，压在肩上好沉好沉；每一个星期天，都是一个久违的节日。

直到有一天，班主任发给我们一个红本本，告诉我们已经毕业，这才知道“出嫁”的日子真的来临。眼泪流成了几十条小河，还有一片稚嫩的抽泣。老师含着笑也噙着泪叮咛：告别了校园的钟声，以后的日子全靠你们自己。

以后的日子一页页翻过，如今我们都已长大成人。失意的时候，总想到校园里去寻找温暖；孤独的时候，总想到校园里去寻找友情；痛苦的时候，总想到校园里去流一场眼泪；跋涉的时候，不论漂泊到哪里，都怀揣一份校园的温馨。

——像一个女人回忆曾是少女的日子，校园，是她的娘家。

盆　景

生长在悬崖峭壁之上，斗霜傲雪，历经风雨。不抱怨环境的险恶，不埋怨生存的艰难。根，深深扎进石缝里，不钦羡山花的烂漫，不仰慕瀑布的潇洒。冷眼笑看草的摇摆，藤的攀附。

虽然，因为极度的营养不良而显得枯瘦，却天生一副石一般的筋骨，于孤独与寂寞中禅悟着每一个辉煌的日出，每一个壮丽的黄昏。

自从有人用一捧肥沃的泥土、一只精致的陶盆将你盛起，你的性格和灵魂便在剪刀下遭到空前的扭曲。从此，你体会到了在这个世界上，没有比按照别人的意志生活更痛苦的事情。虽然，有尘世的喧闹，有廉价的赞美，但是养育自己的毕竟是一杯残茶、几块剩骨——过得富足，却活得空虚。

于是，过去清贫的日子成了你一生中最美好的时光。

朋友啊，千万别成为一棵盆景。

《天下第一墨》创作余墨

百年花鼓，泣血长吟。大幕拉开，演一场商海沉浮；锣鼓声里，唱一段悲欢人生。

七尺宣纸，画不完人间百态；墨海滔滔，写不尽世态炎凉。师出同门，为争徽墨之王，竟至手足相残，相煎何急！两小无猜，为了一纸秘方，竟然抛弃真爱，让人扼腕叹息！绵绵柔肠，难留负心的王魁，到头来寸断了肝肠；面对金钱，总少有大仁大义，山盟海誓、信誓旦旦，自古面对权势的诱惑总是不堪一击。

波诡云谲的生意场，连环计暗藏着巧取豪夺；墨坊里上演着爱恨交加，不惜出卖良心、灵魂，还有骨肉亲情。三尺牢笼，囚不住墨痴的执着；一杯水酒，温暖着人间真情。双眼失明，能看透世态炎凉；目光诡异，却难逃良心谴责。献画王爷，本指望攀附皇亲国戚，却不料偏偏有路见不平、拔刀相助；闻墨鉴画，本可以雪耻报仇，却不料偏偏不肯违背良心！徽墨虽黑，人心怎么能黑？墨衣虽脏，良心如何能脏？

以德报怨、心能藏海，让对手幡然醒悟；古月联手，同心合力，创造传世名牌。“满纸荒唐言，一把辛酸泪”——写的是陈年往事，寓的是今世今人。

珍惜大米、珍惜餐桌上的饭米粒吧。
古语道“乐极生悲”，
挥霍浪费过度，“作孽”作多了，
必定会遭受报应！

我爱饭米粒

有个小朋友写了篇作文，家长请我帮她看一下。作文题目叫《米是怎么来的》，文章记叙了老师带着他们参观农民插秧、耘田，收割、脱粒，然后将稻子送进加工厂加工成大米的过程。

小朋友的作文也让我联想起了许多关于米的话题。

米，是我们一日三餐都少不了的。上小学时有一篇课文印象十分深刻，叫《十粒米一条命》，说恶霸地主年关到佃户家来逼租，抢走了仅有的一点米。佃户的小儿子伸手往米袋里抓了一把，地主恶狠狠地一脚将饥饿中的孩子踢死了，他的小手里紧紧攥着的只有十粒米。区区十粒米，竟然要了一条小命，怎能不激起人们对恶霸地主的义愤填膺！

课本上写的也许是虚构的，“三年自然灾害”的时候，一把米能救活一家人，却是外婆亲口告诉我的。她说那时候她是“非农业”，有少量的“供给”，就曾不止一次地用一把米掺着野菜汤救过人。外婆活了九十八岁，许多人都说她好人好报。

乡下的老人见到不知艰辛的孩子们糟蹋白米饭，总要喊：“作孽！”餐桌上，将儿女们掉下的饭米粒一粒一粒捡起来，再默默地送进嘴里，恐怕是许多父亲都做过的事情。当年，我的父亲就总是告诫我们：一粒米一把汗，不可糟蹋粮食，不然老天爷会报应。

记得念初中的时候，中午在食堂打饭吃，突然发现食堂的炊事员给学生打饭和给老师打饭是有区别的，锅铲子在饭端子上的操作技巧不一样，“老师打饭捺一捺，学生打饭刮一刮”，这一捺和一刮之间，饭的多少也不一样；再仔细观察，竟然发现不光是老师，他还对个别长得好看的女生也“捺一捺”，比我们年长的初三学生贴大字报“反潮流”，后来那位“火头军师”果然收敛了不少。

上高中的时候到了县城，每隔一个星期天，都要肩扛十几斤大米走上三十多里，到学校把米换成饭票。那时候，我们这些农业户学生和非农业户学生一个最明显的区别就是我们背着米，他们揣着粮票；我们用罐子带菜，他们用钱买菜票。相比之下，扛着米、背着菜罐子上学的我们真切地感觉到了“城乡差别”，也就多了许多的自卑。殊不知，就是那背着的十几斤大米，也许就是父母节省下来的啊。

高中毕业以后当了民办教师，家里因为兄妹多，吃不饱是“家常便饭”。青黄不接的时候不善求人的父亲常常要到邻近的村子去借粮，那粮不是稻谷，也不是米面，而是山芋干，上半年借人家一担山芋干，下半年还人家一担稻子。有一次，我和父亲一起去借山芋干，父亲挑着两稻箩，我挑着两只小口袋。回家后，母亲将借来的山芋干掺在米里一起煮，一锅饭有三分之二都是山芋干。吃多了这样的饭，一揭开锅盖，闻到那种略带霉味的山芋干的味道，我们就皱起眉头。而这时，父母总要忆苦思甜，对我们说起饿饭年月的往事。

我曾经和那些乡人们一样，在故乡的水田里插秧、耘田，收割、脱粒，熟知“锄禾日当午”的滋味、“汗滴禾下土”的辛苦、“谁知盘中餐”的不易、“粒粒皆辛苦”的难得。如今的我们再也不把吃一顿白米饭当做一种奢侈的渴望，已经从吃得饱追求吃得好。与此同时，糟蹋粮食的行为也日益屡见不鲜。无论是饭馆酒楼，还是机关学校的食堂，浪费白花花的饭米粒并不少见；而某些贩卖大米的奸商则挖空心思以旧翻新、以次充好，甚至生产加工出了毒大米，更是对大米的另一种糟蹋。

珍惜大米、珍惜餐桌上的饭米粒吧，古语道“乐极生悲”，挥霍浪费过度，“作孽”作多了，必定会遭受报应！

感动，不需要有惊天动地的事迹。
我们曾经被许多看似微不足道人和事所感动，
所以，很多的时候，我们也想做个好人，
用自己的微不足道去感动别人。

绿色的记忆

那年，我高考落榜后，在故乡的一所中学当民办教师。教书之余，开始学习写作。那是一个精力充沛而又充满幻想的年龄，坚信将来我一定能成为一个作家。民办教师的生活是清苦而又快乐的，在那些难忘的日子里，乡村的许多东西都让我感动：春天的田野里，油菜花开成了一片金色的海，早春的阳光暖暖地照着，蜜蜂成了黄色海洋中快乐的精灵；漫山遍野的红杜鹃让人觉得有些头晕目眩，而蓝丝绒一般的天幕上那声声啼叫着的布谷鸟，则使人从春天的困倦中感受到了时光的易失。

那时的我觉得身边每一片小小的风景，都是一首诗、都是一篇散文。白天的心是躁动的、狂野的；晚上坐在灯下，反刍着白天的心情，将一行行让自己感动着的文字写在油印的稿纸上；第二天贴上邮票，像放飞精心喂养的信鸽，寄往远方。

学校离乡邮局有十几里地，我利用课余时间，揣着稿件走在乡间的小路上，没有暮归的老牛、没有橘红的夕阳，有的只是快乐而又浅薄的灵感。那时候的报刊都有退稿的习惯，我的稿子十有八九是要被退回来的。学校不通邮路，我那些被报刊退回来的稿件常常躺在大队破旧的办公桌上，被人任意地撕拆。每次当看到自己当初怀着神圣的心情寄出去的稿件被人无情地拆开，又粗暴地扔弃，我就像被人剥光了衣服示众似的难堪。直到后来，乡里新调来一个邮递员，知道我经常写稿寄稿，便对我特殊地照顾，将我的被报刊退回来的稿件直接送到我的家里，这样他得每天多走好几里的路。我的心里自然十分的感激，后来和这个好心的邮递员交上了朋友。

邮递员姓吴，五十多岁，不知为什么，人们却叫他小吴。小吴黑黑的脸膛，矮小的身材，骑一辆破旧的自行车，风尘仆仆地穿梭在乡间的土路上。因为他长得矮小，人们又送给他一个外号：大个子，他也乐于接受，每当听到人家叫他的外号，他一点也不生气，而是脆生生地答应着。

和“大个子”熟了以后，我寄稿子的时候就不用跑十几里的山路去乡里了。每次只要把买邮票的钱交给他，剩下的事就由他来替我做。后来，随着时间的推移，我不断地总结经验教训，慎重对待自己的每一篇稿件，文章写好以后，总要强迫自己放下来冷却一段时间，真正满意了再寄出去。这样一来，发表的文章就渐渐比退稿多了。每次给我送来稿费汇款，“大个子”总是乐呵呵地笑着，很是开心的样子，一脸的憨厚。有一回，为了感谢他对我的特别关照，我买了两包烟送给他，他说什么也不要。见我很执着，他才抽了两根，一只耳朵上夹一根，蹬着他那印着“中国邮政”字样的自行车上路了。

几年以后，我改行到镇政府做秘书。这时的乡邮员也换成了一个高大英俊的小伙子，不知为什么，他第一天上班，就送给我一个不错的集邮册。我们俩聊了好一会，话题自然就聊到了“大个子”小吴，我脱口而出：“不知道吴矮子现在怎么样了?”年轻人有些尴尬地看着我，说：“退休了啊，他是我父亲，还有多矮啊?”

我的尴尬可想而知。

后来，我离开了乡下，再也没有见过早已成了老吴的“小吴”，也没见过他的儿子。

爱美之心、攀比之心人皆有之。
如果不能正确对待，
这种爱美之心、攀比之心
就会变成冲出笼子的老虎……

说 羡 慕

我以为，一个没有羡慕之心的人，也是一个没有上进心的人。孔夫子说："见贤思齐焉，见不贤而内自省也"，羡慕别人，向别人看齐，会让自己更加发奋努力。

儿时，有过许多朴素的羡慕：因为家里日子苦，羡慕别人家的孩子饭碗里有猪油；因为要放牛，羡慕不用放牛的小伙伴放学后可以尽情地玩耍。

稍微大了点以后，上中学了。初中的时候，羡慕过坐在前面的女孩那又黑又粗的大辫子；上高中的时候，因为要带米带菜，羡慕那些揣着粮票和钱上学的非农户同学；还因为戴的是棉帽子羡慕过城里同学戴在头上的的确良军帽，因为穿的是"卫生裤"羡慕过别的同学穿的球裤，因为数学成绩勉强及格羡慕那些代数几何都特别优秀的同学。

不过，我也有让同学羡慕的地方：语文老师在全班朗读我写的作文，几个女生同时把目光投向我，我从那些亮汪汪的眼睛里读出了羡慕，那时的我真切地体会到了被人羡慕是一种多么快乐而幸福的事情。开运动会的时候，别的同学在操场上流汗比赛，我作为通讯员一篇篇稿件在学校的广播里播出来，少不了引来许多羡慕的眼神。

后来当民办教师，羡慕拿工资的公办老师；转正以后，身为乡村教师，又羡慕城里的老师，羡慕乡里那些当干部的人；改行进了乡政府，身为一般干部，又羡慕那些坐着专车、能拍板的领导干部。这时候突然明白：其实羡慕固然能促进人奋发向上，有时候却也会成为一种欲望的催化剂。

查一查汉语词典，关于“羡慕”一词的解释是：因喜爱而希望得到。这个解释让我既惊讶又出了一身冷汗：如果羡慕的结果是这样，人生就成了一个无底洞，这个无底洞说得冠冕堂皇一点叫生命不息、奋斗不止，追求无止境。其实说穿了，就是人的本能的贪欲：羡慕——攫取——更大的羡慕——更加不择手段的攫取，人生陷入了这种恶性循环往复，岂不让人感到悲哀？因羡慕而又得不到，便是嫉妒了。没钱的人嫉妒有钱的人，坐公交车的嫉妒坐私家车的，开奥拓的嫉妒开大奔的，工薪阶层嫉妒大款老总，省吃省喝还按揭的嫉妒住花园别墅的……久而久之，这嫉妒便如同心中的毒蛇，发酵出来的只能是群体的仇恨。

有了这种认识，就不想当干部了，想做一个文人——徜徉于五千年的文化之海，读别人的文字让自己的心灵得到充实与宁静，写自己的文字表达对人生、社会、生活的感悟与认知，少一点世俗，多一份淡薄；少一点功利，多一份宁静；少一点因羡慕而引起的嫉妒，多一点人到无求品自高的超脱；少一点物欲，多一点心灵的纯净。从此爱上了文学，本以为这是一方净土，没想到仍然不能逃脱羡慕的怪圈：四处投稿，稿子被枪毙是常有的事，就特别羡慕那些经常发表文章的作家。偶有参加笔会的机会，就特别羡慕那些口若悬河、滔滔不绝的人；发表了一些文章没钱出书，就羡慕那些能将自己的作品结集出版的人；好不容易出了一本书，望着堆在家里的书，又羡慕那些有门路推销、将书变成钞票的人……

爱美之心人皆有之，攀比之心人皆有之。这种爱美之心、攀比之心多半是羡慕引起的，但如果不能正确对待，这种爱美之心、攀比之心就会变成冲出笼子的老虎。

渐渐地明白：有些东西（包括人），喜爱是可以的，希望得到就不厚道了；尤其是处心积虑地要通过各种手段得到，必然会偏离社会公德的轨道。大到一个国家的领土和岛屿，小到一个单位的财物——

别国的海岛美丽富饶，因为喜爱而想得到；

公款白花花地从自己手上流过，因为喜爱而想得到；

美女丰姿绰约地从自己眼前飘过，因为喜爱而想得到……

这样的羡慕只会造成腐败，产生贪婪，带来战争，怀有这种强盗般羡慕之心的人，就不是孔老夫子说的“见贤思齐”了，而是彻头彻尾的混账！这等混账必然为世人所不齿。

养一个老树桩也许并不难，
要养一盆精品树桩，
可不是一时之功，
这就跟你们写文章是一样的道理。

盆　景

20 世纪 90 年代初，我到一个山区小村去“挂职”体验生活。暮春时节，正是山如黛水如兰，到处青山翠竹，十分养眼。走村串户之间，经常看见一些农户家的院落里竟然养着盆景。

有一次，路过一户人家，和正在院子侍弄盆景的老汉聊了起来。我赞叹他的盆景养得好，他说，这算什么？比起镇上的老王，我差远了。镇上的老王养盆景在方圆附近颇有名气，人称盆景王。他养的盆景不仅供自己欣赏，还有城里的人开着车子来买。后来专门寻了个机会，我走进了盆景王的院子里。院子不大，摆满了各种树种、各种形状的树桩盆景。我有些目瞪口呆，准确地说，是被那些盆景所折射出来的美震撼了。盆景王告诉我，这些“小老树”都是他起早贪黑从山坡上、悬崖边、河谷里寻找来的，有鹊梅、榆树、黄荆、紫薇、香榧、六月雪等几十个品种。他还给一些珍贵的精品起了名字：凤凰展翅、知音、远古的梦……

盆景王文化并不高，可是看了这些盆景和他给盆景所起的名字，有些刮目相看了。他告诉我，一盆好的盆景要养几年甚至几十年，有些古代流传下来的极品，几百年的都有。这些小老树先是从山上挖下来，养在屋前屋后的泥土里，成活以后才能修枝、剪叶、造型，再选择合适的季节移栽到陶盆里；什么样的盆适合什么样的树桩，都很有讲究。“养一个老树桩也许并不难，要养一盆精品树桩，可不是一时之功，这就跟你们写文章是一样的道理。”

盆景王的话让我为之一震：养盆景与写文章，看似风马牛不相及的两个行当，经过他这么一说，再仔细一想，两者还真有许多相似之处：养盆景是一种雅趣，自古写文章也是高雅之事；虽然每个人拿起笔来都能写一点，但要把文章写好，写得读者爱看，却是不容易的事情。养盆景用的工具简单：一个陶盆，一把铲子，一个浇水壶，外加一把剪刀，这活儿好像每个人都能做，但不一定每个人都能做好。要养出一盆匠心独运，既有观赏性又有艺术性的盆景更是需要具有艺术的眼光。

山上树木很多，但老树桩不是那么好找的，好的树桩往往不是生长在平坦的大路边上，而是生长在深沟、大谷甚至悬崖峭壁之上。越是名贵的树种，越是造型奇特的树桩，生长环境往往越是恶劣。得到这样的原材料，要不怕吃苦；同样，写文章的工具在电脑普及之前更是简单：一张纸、一支笔而已。虽然说生活中可以写作的素材很多，但好的情节和细节也是可遇不可求的；养盆景的人即便找到了好的树桩，也不一定就能养出精品，还要看对这个树桩怎么处理，哪些该要，哪些不该要；根据不同的树种，不同的形状，养成悬崖式、直立式，或者侧卧式。写文章的人获得材料，也要经过缜密的构思、布局谋篇；成稿后还要不断地推敲修改润色。

盆景王说，一个人养了一辈子盆景，能有个一两盆成为精品，成为传世之作，已经是很幸运了；我想，一个作者写了一辈子文章，能有那么一两篇、一两部成为力作，也是很幸运了。既然养盆景和写文章有这么多的相似之处，我也心动起来，想尝试养一两株盆景。先是不辞辛劳到山上去挖小老树，然后带回家栽在院子里，还自费订阅了《花木盆景》杂志，买了养盆景的书，知道盆景界也是百花齐放，流派纷呈，什么川派、海派、岭南派不一而足。但是我终究没能养出一盆成活下来的盆景——不是因给水不当而夭亡，就是因为病虫而枯萎。后来想到我之前曾经发表在《合肥晚报》上的一篇短文，题目就叫《盆景》，里面有这样的话——

生长在悬崖峭壁之上，斗霜傲雪，历经风雨。不抱怨环境的险恶，不埋怨生存的艰难。根，深深扎进石缝里，不钦羡山花的烂漫，不仰慕瀑布的潇洒。冷眼笑看草的摇摆，藤的攀附。虽然，因为极度的营养不良而显得枯瘦，却天生一副石一般的筋骨，于孤独与寂寞中禅悟着每一个辉煌的日出，每一个壮丽的黄昏。自从有人用一捧肥沃的泥土、一只精致的陶盆将你盛起，你的性格和灵魂便在剪刀下遭到空前的扭曲。从此，你体会到了在这个世界上，没有比按照别人的意志生活更痛苦的事情。虽然，有尘世的喧闹，有廉价的赞美，但是养育自己的毕竟是一杯残茶、几块剩骨——过得富足，却活得空虚。于是，过去清贫的日子成了你一生中最美好的时光——朋友啊，千万别成为一棵盆景。

盆景如果是人，一定喜欢原生态的生活，而不喜欢被人用陶盆“圈养”起来，这样想着，心里反而踏实了许多。

那些容易被我们忽视的贫贱朋友，
关键时候即便帮不上实质性的忙，
真诚地陪陪你，说几句宽心话，
也让你觉得心里温暖。

手机里的那些名字

没有手机的年月，我们都随身带着一个小本本，上面记着一些朋友的姓名、地址和联系电话，和谁联系就从口袋里掏出来。经年累月，本子上记的名字越来越多，每当翻看起脏兮兮的小本子上那些密密麻麻名字，心里或是感叹，或是念想，或是涌动起一阵温暖，或是滋生出一些无奈……

如今手机普及了，所有经常联系的人、偶尔联系的人或者储存在名片夹里根本就不联系的人都按照一定的次序排列在手机里。

我喜欢在没事的时候打开手机，看一看那些手机里的名字，过年过节的时候，给亲人朋友打个电话发条短信；同时也收到亲人朋友的电话和短信。亲人就那么几个，朋友却是越存越多，就需要删除一些不再联系的名字。

被删除的那些名字，有的是亲人和朋友故去，想到此人曾经和自己有过的那些往事，删除的时候心中难免会涌起一阵难言的惆怅；还有的是曾经的朋友，因为某种芥蒂而分道扬镳，心中清点着朋友一场，有何得失。当然还有一种是我的手机里已经删除了那个人而对方的手机里恰恰把我当作好朋友的名字，是最让我自责的。

记得有一次，过年的时候，收到一个陌生号码发来的短信，“在这个普天同庆的日子里，祝您合家欢乐，身体健康，万事如意。某某某。”

我心里一热，这才想起这个电话曾经储存在我的手机上，后来被删去了。机主和我曾经有过工作上的联系，之所以被删去，是觉得工作的联系结束了；还有一个原因，按照世俗的说法，此人比我的所谓“社会地位”要低。看着这条朴实而平常短信，我不禁脸红了；不仅是我，恐怕大多数人都是这样的吧？

手机的内存是有限的，而我们会不断地结识一些新朋友，因此需要删除一些姓名，腾出一些空间来。删除的标准是什么？对自己有用的，比自己地位高的，或者感觉到以后还会联系的人，就保留；比自己地位低，觉得今后用不上的，就删了。反过来说，我的手机号码被别人删除，大抵也是这样的情形罢。

不久前我曾经为了一件私事去省城的某机关。这个机关的一位副厅长我认识，过去他当处长的时候我们有过一些交往。我的手机里存着他的号码，是他提拔之前有次见面亲口告诉我的，还有他办公室、家里的号码。仗着我有他亲口告诉我的公私电话，走进这个机关的时候我还有些底气。说来也巧，我们正好在电梯间遇到——他从电梯里出来，而我正要进去。我喊了声他的官职，他面无表情，只是略一点头，哼了一声。我想和他握手，他却转身走进了自己的办公室。我那时心里一遍遍地问：人啊，怎么这样？怎么会这样？

……我们常常将结交权势者作为一种炫耀，作为一种资本，仿佛你有了某领导的手机号码，就觉得有了炫耀的资本。这种恶的心态，在我们的社会中滋生、蔓延。

相反，倒是那些我们往往没有放在心上的或者被我们从自己的手机上面删除了名字的朋友，关键的时刻往往能倾囊相助。有一次，在邻近的一个城市开笔会，偶然遇到在这个城市打工的亲戚。这位举目无亲的亲戚病了，住不上医院。遇到了我，他的眼神仿佛是遇上了救命的稻草。我找了几个手机上的朋友，心想以他们的地位是应该能帮忙的，结果拨通电话之后，都无一例外地说人在外地，表示爱莫能助。无奈之间想到一个当老师的人，我们曾经有过一面之交，但我已经把他的手机号码删掉了。电话打到他的单位，辗转获得他的号码，他调了课赶到医院，告诉我说，他也不认识医院里的医生，不过，可以帮着照顾。后来，他经常利用课余时间来医院看望我的亲戚，每次来不是带来水果，就是炖了鸡汤、鸽子汤、排骨汤，让我和亲戚十分感动。我离开的时候，他说：“放心吧，你亲戚我来照顾。”我的心里暖暖的，为当初从手机里删除他的号码而羞愧。

后来，我清理手机，会优先考虑删除那些比我的职位高的人，并且告诫自己：切不可将他们递名片时说的“有需要帮忙的地方打我电话”当真。倒是那些平民朋友，那些容易被我们忽视的贫贱朋友，关键的时候即便帮不上实质性的忙，真诚地陪陪你，说几句宽心话，也让你觉得心里温暖，我会把他们一直保存着。

十几年过去了，
每每想起一次次小小的尴尬，
心中便涌起了一缕亲切，一缕温馨，
觉得那也同样是人生的一笔宝贵财富。

温馨的尴尬

有许多事情第一回经历时，由于没有经验，往往会让人处于一种尴尬的地步，这种尴尬叫人难堪，让人丢脸，甚至叫人无地自容。然而也有这样一种情形：当你身处尴尬时，别人一句真诚的开脱或者一个大度的幽默、玩笑，便会使你摆脱窘境，事后每每想起，总有许多的回味与温馨。

我第一次接电话是在乡政府当秘书。头一天上班，前任秘书把所有该交代的都交代了，我就坐在那张锁着政府大印的办公桌前。这时候，电话铃响了，我拿起听筒，是个女的，请乡长接电话。我把听筒放回原处，跑到楼上喊乡长下来接电话。乡长下来一看，哭笑不得，原来电话已经被我挂了。乡长没有生气，却拍拍我的肩膀说："小伙子，你真狠。"

后来我才知道，那女的是乡长的女朋友，他们约好了那个时候通电话。

我第一次吃高压锅煮的饭，是和几个熟人在一个半生不熟的朋友家做客。那是正月间，一桌人酒量都特别大，我因为不能喝酒就先吃饭。女主人要为我盛，我谢绝了。来到厨房才知道刚才的客套是多么不应该，因为我没用过高压锅，自然不知道先要摘去气阀放气，只是双手用力一旋，嘭的一声巨响，气阀冲上了厨房的屋顶；更糟糕的是，一锅熟米饭抛起老高，又全撒到地上。女主人和几个客人闻声赶来，我那时尴尬得真想找个地洞钻进去。女主人却笑着说："天女散花，好兆头，今年我家要发了。"

我第一次吃螃蟹是在一次笔会上。那是一次很难得的笔会，老中青文人们欢聚一堂，我坐在一个角落里，把平时读到的一些印象很深的作品与眼前的一张张富有个性的面孔对号入座。那时我初出茅庐，身上的衣裳和我发表的作品一样，档次很低且少得可怜，几乎所有的人都没多看我一眼。临散会头一天，会议召集单位举行了一次丰盛的晚宴，其中一道有名的菜就是清蒸大蟹，每人一只。当我拿到一只通红的大蟹时却有些犯愁了，因为面对那只大闸蟹，我不知道从哪里开始下手。一桌子的人都吃得津津有味，没有谁注意我。已经有过几次尴尬经历的我不敢贸然动手，生怕又闹出什么笑话来。

这时候，坐在我旁边的一位女编辑朝我温厚地一笑，把她剥好了、露出黄澄澄蟹仁的大蟹放在我的面前，说："你吃这个，把你的给我。"我那时觉得很温暖，很感动。直到现在，我还和这位女编辑保持着联系，时常给她寄稿，有的就发表了，有的被退了回来，每次都有一封长长的信。

人的一生不可能什么都会，身处尴尬，闹些小笑话在所难免。如今，十几年过去了，每每想起一次次小小的尴尬，心中便涌起了一缕亲切，一缕温馨，觉得那也同样是人生的一笔宝贵财富。

1980 年的那座山坡，
是我文学梦开始的地方；
山坡上留下了我十八岁的寂寞，
十八岁的向往，
一辈子也忘不了……

1980 年的那座山坡

那是一座光秃秃的山坡，山坡上有一所学校，有小学也有初中，这样的学校当时有个别名：戴帽子初中。1980 年 9 月 1 日，是个细雨霏霏的日子，我背着简单的行李到这里当老师的时候，才刚满十八周岁，但这已经是我教书生涯中第三年的开始了。

学校离家二十多里，因此不得不住下来。每天放了晚学，老师和学生们都走了，空荡荡的山坡上只剩下我一个人，十八岁的我第一次尝到了这个年纪不该有的孤单和寂寞是一种什么滋味，这也许对我后来的性格有很大的影响。一个又一个傍晚，我踯躅在那个没有风景的山坡上，看着远处的天幕由海一般的湛蓝变成晚霞满天的橘红，又由美丽的橘红变成苍茫的灰暗；一次又一次，我看着又大又圆的夕阳怎样和对面的山峦恋恋地吻别，然后慢慢地隐入山的背后。

一个又一个雨后的黄昏，我听着蚯蚓在山岗上拼命地叫喊；窗外，雨滴从蓖麻的叶子上落下，房间里的某个角落，蟋蟀在一声声地鸣叫。一盏罩子灯陪伴着我十八岁的青春，文学的梦也就是从那时的某一个夜晚开始的。学校订了几份报刊，在外地当兵的同学不时寄来几本刊物，在那一个又一个孤寂的夜晚，我读完了何士光的《乡场上》、孔捷生的《在小河那边》、陈国凯的《代价》、高晓声的《水东流》，还有许多在当时的中国产生一波又一波影响的小说。

那一年，我曾经做了几个月的夜校教师，利用晚上时间给村民们扫盲。那是一段有趣的日子，上扫盲班的都是些大姑娘、小媳妇，还有几个五六十岁的老大妈。其实她们本来不愿意晚上来念书，因为上面发扫盲补贴，她们是冲着那一晚上两毛钱的补贴来的。自从夜校的扫盲班开了学，原本寂寞冷清的山坡之夜便一下子热闹了起来。后来，我发表在《中国教育报》上的散文《山里的记忆》就是根据这段经历虚构的。

农忙的时候，夜校也就停课了，山坡上的夜晚又恢复了原有的平静。

宿舍的床上，是我从家里带来的一床盖被，垫被是原来就有的。学期快要结束的时候，有个同事悄悄地告诉我：学校前任校长不久前就是在我睡的那张床上病故的。我吓出一身冷汗，睡了好几个月的垫被竟是那位故去的校长的。这么一来，晚上再也睡不着，黑暗中老是觉得悉悉索索有什么东西在活动，常常于半醒半睡之间惊坐起来。

新学期开始的时候，我说什么也不敢住在学校里了，而是住到了姐姐家，开始了早出晚归的生活；虽然这里离我所在的学校也有十几里路，但还是比回家近了许多。一个又一个晨昏，我走山路上，穿过敬亭山茶场那片一望无际的茶园，听着广播里播放着流行歌曲，《外婆的澎湖湾》《军港之夜》《北国之春》《泉水叮咚响》《走在乡间的小路上》，有时候放学晚了，走到半路上天就黑了下来，我就放开嗓子吼着这些流行歌曲，为自己壮胆。

杨花落尽，田野里滚动起金色稻浪的时候，暑假开始了。我背着行李走过田冲，回望一眼那所山坡上的小学堂，有点心酸，有点苦涩，有点留恋，还有点迷茫。

时隔三十年后，我突然想看看当年呆过的那所学校，睡过的那间宿舍，徘徊过的那个山坡。一个阳光灿烂的日子，我重新踏上了那条山路。当年的石子路已经铺成了水泥路，茶园依旧，路边的景致却变得我都认不出来了。不远处的开发区正在紧张施工，城市的三环路笔直地穿过山峦，伸向远方。当年我所在的那个小学还在，校舍却经过了改建。曾经光秃秃的山坡早已被东一幢西一幢的农家小楼遮盖得没有了一点痕迹。

村民告诉我，小学里有六个老师，教着五个学生，我的心里怅然若失。

1980 年的那座山坡，是我文学梦开始的地方；山坡上留下了我十八岁的寂寞，十八岁的向往，一辈子也忘不了。

在一个寂静的夜晚，
我听到书架上两本书在争吵……

书房轶事

曾经有过几个书架，说起来寒酸得可笑，有的是竹子做的，有的是几块木板钉起来的，放不了几本书，更多的书只能屈居在麻袋和编织袋里，或者干脆散乱地堆放在墙旮旯里。

买了新房子以后，多年来一直盼望有个宽敞明亮的书房终于成了现实。装修完毕，一排高大的书架成了书房的主角；再配上一台电脑，一张单人小床，就是一个相当不错的读书写作的空间了；要做的一件重要事情，就是将多年积攒的一些书籍擦去灰尘，分门别类排列在书架上。

那些书，有的读过，有的没有读过；有的读了好几遍，有的只不过随便翻翻而已；有的是自己掏钱买的，有的是别人送的，还有一些是从公家揩油来的。有天晚上，我敲完电脑已经是午夜以后了，和衣躺在书房的床上，突然被一阵吵嚷声闹醒，仔细一听，这声音来自书架上。开始以为是在做梦，后来仔细一听，的确是两本书你一言我一语，吵得热火朝天。

一本书说："你他妈算什么东西？竟然也和我放在一起，你配吗？"

另一本书说："你嘴巴放干净点，你以为我愿意跟你待在一起吗？说实话，我一看见你就觉得恶心，替你脸红！"

一本书说："呸！你真不要脸，有什么资格跟我这么说话？你是个非法出版物，连个正规书号都没有，是个私生子！"

另一本书毫不示弱，反唇相讥："你以为你有个书号就了不起？你那书号从哪里来的，别人不知道我可是一清二楚，拿公家钱买来的，如今你的那个作者以权谋私，东窗事发，关到号子里去了，你神气什么？"

天啦，这是怎么了？纸印的书竟然会说话，像两个泼妇在吵嘴！我悄悄走近一看，那并列在一起的两本书一本叫《大潮集》，一本叫《脚印》，是我的两个朋友送我的。写《大潮集》的朋友曾经和我一样，都是文学爱好者，后来做了官，当上了领导干部，那本《大潮集》收集了他在各种各样的场合所做的报告；《脚印》是一部长篇小说，作者也是我的朋友，爱好文学多年，却一事无成。这部倾注了作者多年心血的作品投寄过许多出版社都石沉大海，作者不甘心，拿了几千块钱在一家小印刷厂印的，被人称作“私生子”。

“呸，你们两个，半斤八两，都不是什么好东西！”我将两本书从书架上拿下来，扔了，从此，书房里安静下来。

如果用蛇的目光来审视这个世界，
不知道会怎样？

一条蛇的猜想

那是一个星期一的早晨，机关例会之前，随着一位女士一声尖叫，整个楼层都惊动起来——

一条蛇，一条菜花蛇，一条三尺多长的菜花蛇，上了单位的四楼，进了铺着地面砖的过道，差点被女会计踩在脚下。

像一部冗长而拖沓的平庸电视剧突然有了一个精彩的看点，人们一下子亢奋起来。很快，这位不速之客被一群义愤填膺的男人打死，它死得很难看：黑亮的眼珠暴突出来——是那种心有不甘、死不瞑目的倔强，那倔强里似乎还透露出一种明显的仇视；整个身子痛苦地扭曲成一个S形，尾巴还在微微不停地颤抖。

一群雄性十足的男人，手中拿着各种各样的工具，面对一条菜花蛇，如临大敌，大打出手，让人觉得有点过于小题大做、虚张声势。于是，整整一个上午，关于这条死于非命的蛇来自哪里又去向何方，一直盘旋在我的脑海中。

由此我想到了最近发生在上海的一件事情。据媒体披露："上海宝杨路1号作业码头处突然出现许多花蛇，引起船民和码头工人恐慌。码头上、两边船档处甚至是游船窗户上都爬满了黑红相间、三角头、拖把柄粗细、一米来长的蛇。船内时不时传来船员的惊呼声，赶到现场的民警被眼前一幕吓呆了。后经公安消防与船民合作，捕捉到的百余条活蛇移交宝山区野生动物保护管理站放生。"

一条蛇，惨遭厄运；百余条蛇，被放生。再次印证了那句俗话：法不责众。和上海的蛇相比，我们这个小城市的这条蛇实在是既悲且惨了。它也许曾经藏身于这个城市的某一个角落，是在一处老房子还是一处下水道？或者干脆是寄身在一棵古树的洞穴里。不管是在什么地方，还算有个安宁的家。无论是人还是动物，即便是让人闻之色变的蛇，也不能没有家。对于这条蛇而言，家是可以冬眠的地方，是可以劳累时栖息的地方，也是一个不易被天敌们发觉、可以放心产卵孵化的地方。可是，有一天，巨大的挖土机毁了它的巢穴。突然失去家园的蛇自然得不到拆迁补偿，更找不到地方投诉上访，或者它和鼠们也奋起抗争过、诉说过、呐喊过，但残酷的现实告诉他们：和强大的拆迁强权相比，这种卑微的奔走呼号没有任何意义，于是只能忍气吞声，流离失所。

也许，它的家园本来就不应该在这个红尘滚滚、物欲横流的闹市，而是在远离喧嚣的深山老林里、池塘山野中，或者村落的草垛瓦砾之间，偏偏不甘寂寞，闯进了这个喧闹的城市。或者曾经无忧无虑地游走在山水之间，有一天突然被一个利欲熏心的捕蛇者抓获，装在一只编织袋里乘着乡村班车进城，在被卖到餐馆的途中终于有机会侥幸逃脱。

也许……我不想更多地去猜测，只是觉得这条蛇能冒险爬上装着防盗网和纱窗的四楼，需要多少勇气？也许当它惊魂未定、正为自己刚刚逃过一劫的时候突然厄运当头。在蛇的眼里，人或许是比它们更加歹毒的。

据说，那只蛇中午被做成了一钵好汤。

那个给了我生命，

传给我忠厚、善良、勤劳的老人走了。

从此，我的心里思念成河……

陪伴父亲

一

2011年3月10日，6点55分，宣城开往上海的班车启程。这是一个晴朗的日子，东方显露出一抹淡淡的朝霞，渐渐地变得红嫩，我的心却一点也晴朗不起来。

我陪伴父亲去上海看病。

父亲咳嗽的毛病已经持续了一年。一开始当做伤风感冒，在乡村卫生所吃药、打吊针；后来实在支撑不住，到城里来住院。这时候，我已经是好几个月没有见到他了，猛然觉得，他老得厉害，也瘦得厉害。

陆续地住了三次院，最长的一次是去年夏天，住了26天。在我的记忆里，此前父亲不仅没有住过院，连吃药也极少有过。这一次长长的住院，让我猛然觉得年迈的父亲真的是老了，到了该我们安抚、尽孝的时候了。父亲的健康硬朗是乡人们羡慕的话题，更是我们做儿女的骄傲。有一个健朗的父亲，会让我们多么安心，又是多么省心！

医生怀疑父亲的肺部有“问题”，建议做气管镜检查，确切地说是肺部切片检查，也就是判断有没有癌细胞。检查结果，并没有找到那个让现代人“谈虎色变”的魔影，我们如释重负，紧揪着的心轻松了许多。此后的半年时间里，父亲的咳嗽没有什么好转，我们决定带着老人去上海做一次全面的确诊。我知道，这次的上海之行会有两种结果：一种是父亲的病会在上海治愈，还有一种便是那个最坏的结果……

上海，这个国际大都市，在父亲的心里，一定是一个充满了温暖和牵挂的城市，因为这里有我的小妹——他最小的女儿。

此前我曾经陪父亲去过上海。那是2003年我受邀去《故事会》参加笔会，父亲和我一起去看小妹。那时候，在上海打工的小妹住在一个叫梅陇镇的地方，小夫妻俩一个卖早点，一个给人当保姆，房子当然是租来的，条件简陋得很。想到小妹16岁那年母亲去世，此间小小年纪经过了几次生活的曲折，父亲的心里总是充满了怜惜与疼爱。这种怜惜与疼爱老人无法用语言表露出来，但我们都懂。老人总是把这个“老姑娘”藏在心中最柔软的地方，小妹也同样如此。

后来，父亲去过几次上海，都是小妹接送。

上海有许多地名，吴家巷和康城肯定是父亲记得最牢的两个地名。从皖南开到上海的长途客车第一站就停靠在吴家巷，从吴家巷到小妹所在的康城大约半个小时的车程。我不知道，除了这两个地名，父亲还能记得大上海哪些地方。

下了汽车，便能看见虹桥机场的客机一架接着一架繁忙地起落。而康城这个据说是上海最大的居民小区，林立的楼房因为缺少植物而显得单调和忧郁。

晚上，躺在小妹为我们腾出来的柔软暖和的床上，听着父亲很快进入了梦乡，我的心里突然升起一股感动。借着过道里的灯光，我开始打量躺在我身边的父亲。已经有好长时间没有和父亲同床共眠了，以前回家，总是吃了午饭就走，很少过夜。即便是新年期间偶尔和老人同一张床上睡一个晚上，也是父子各睡一头；像今天这样并排而卧在我的记忆里还是第一次，也许只有我儿时才有过吧？

暖暖的灯光里，我就这么看着父亲——看着这位给了我生命、给了我性格、用自己的辛劳养育我长大的男人。这才想到，以前，竟然从来没有好好地、认真地注视过父亲。

我注视着父亲，听着他微微的鼾声，突然觉得老人的睡姿竟然像个孩子。他的牙齿掉了，此时卸了假牙，两边的腮帮子随着呼吸而起伏着，感觉整个脸庞比我看惯了的那张酱色的脸小了许多；他的身子侧卧着，因为后背早已佝偻的缘故，比以前我看惯了的那高大魁梧的身躯自然也小了许多。只有那满头的白发告诉我，身边的这个老人，就是我 82 岁的父亲。

看着父亲，我心生怜爱；看着父亲，我百感交集！

二

父亲看着我长大，我看着父亲变老——自从父亲得病以后，陪伴着他看病、住院，这便成了我最想说的一句话。

在父亲的眼里，我们兄弟姐妹仿佛是他老人家耕种了一辈子的黄土地里的庄稼，出苗、拔节、抽穗、成熟，也就是一个短短的春夏秋冬。一眨眼，他的儿女们便一茬一茬地长大了，蹒跚学步仿佛就在昨天，绕膝撒娇仿佛就在昨天，懵懂淘气仿佛就在昨天。

在我的眼里，父亲从一个一米八的汉子变成一个佝偻白发的老人，却是一个漫长的过程，这个变化的过程作为长子，我默默地看着，四十岁之前倒还没什么真切的感受；过了不惑之年，每每想到乡下那个和我最亲最近的老人，总是忍不住鼻翼发酸，心存感动。我的身上散发着泥土味的农民父亲啊，曾经那么身强力壮，曾经那么脚下生风，曾经那么笑声爽朗，曾经那么疾恶如仇。

父亲年轻的时候，是上下三村有名的大力士。他当过生产队长，炎热的双抢季节，他领着一帮光膀子男人们将仓库里的稻谷挑到几里路以外的粮站去交公粮。他走在几十个汉子的前面，还要一路喊着号子。头上骄阳似火，肩上挑着满满两箩筐稻谷，光脚板踩起一片尘土飞扬，那是怎样的一个场面！那时候还没有脱粒机，男人们用一种笨重的木桶打稻，那木桶需要两个人才能抬到稻田里，父亲曾经一个人肩扛，那又是一个怎样的男人！

父亲老了，真的老了！他常常在星期天坐着中巴车进城，每次来的时候都不会空手，常常拎着一只自己编织的竹篮子，里面装的是积攒下来的土鸡蛋，鸡蛋上面一定覆盖着一条干净的毛巾。有时候吃过午饭就匆匆离开，有时候竟然连饭也不吃。每次我要送他去车站，他说我忙，不让送。

我的一儿一女，就这么吃着乡下爷爷用竹篮子拎来的土鸡蛋，一天天长高，一天天长大。

如今，父亲不仅真的老了，而且病了，病得让人揪心。

三

复旦大学附属中山医院，我并不陌生。2005 年，小妹的心脏介入手术就是在这里做的。

小妹患有先天性心脏病，早在 1990 年曾经住过一次院。不记得是什么季节了，我去芜湖弋矶山医院探视，父亲和母亲陪在小妹的身边。母亲显得心力交瘁，父亲更是愁眉不展。母亲跟我说，小妹的心脏有问题，医生说需要手术，费用大约在三四万块钱左右。那时候，对于我们这个家庭来说，三四万块钱是一个很大很大的数字。我对母亲说，我来贷款吧，只要能把小妹的病治好。

后来，考虑到我的难处，父母还是给小妹办了出院手续。大约过了一年，母亲病逝，小妹也经历了一些坎坷，治病的事情就这么搁置下来了。直到十几年以后，她才有机会做这个早就该做的手术。作为大哥，我一直陪伴在她的身边。

如今，时隔六年，我又一次走进了这所医院。小妹事先已经在专家门诊挂了号，经过了一系列的检查之后，接下来便是等待结果。

中山医院的普通病房每间住六个病号，加上陪护人员，显得有些拥挤，就住院的条件而言，比宣城差远了。早晚的时间，我陪着父亲在医院的草坪上散步。记忆之中，几十年的岁月里，从来没有陪父亲这么悠闲地散步过。

早春的风吹在脸上，微微有些寒意。白玉兰已经悄悄地开花了，父亲走过一阵，总是觉得寒意难禁，我便早早地陪他去病房休息。靠在病榻前，我开始将母亲早年对我说起过的父亲的往事，零零星星地串联起来。母亲的讲述常常是在梅雨季节或者冬天下雪的日子，看着江南茫茫的雨幕或者暮色中纷纷扬扬的雪花，我在母亲娓娓的话语中知道了父亲的童年和青年。

我的父亲出生在一个贫苦人家，他是老小，上面有两个哥哥、三个姐姐，但和哥哥姐姐均是同母异父。他的父亲也就是我的爷爷是个江北汉子，沉默、忠厚、魁梧，靠给人抬轿谋生。轿夫生涯是如何辛苦我们无从知晓，母亲只告诉我一个细节：下雪天，爷爷拖着疲倦的身子回家，草鞋和裹着脚的布袜子冻在了一起，要用火烤，才能脱下来。

父亲13岁那年，父母双亡；17岁那年，穷得给人家做儿子，好在上下两村都姓黄，才没有改姓。

时光倒退到50年前，1961年初秋的一天，应该是个细雨霏霏的日子。从江西景德镇回来的父亲伫立在老家屋子的废墟前，想着一些人，想着一些事，想着不到半年的时光，一家四口突然间就剩下他孑然一身，禁不住潸然泪下。

废墟的那堵黑色老墙如果会说话，也许会告诉父亲一些亲人的信息。可是爬满青藤的老墙，除了青苔和雨水散发出来的湿气，只给了父亲一种无言的忧郁和苍凉。

一年前，被后来称之为“三年自然灾害”的大饥荒正处在“如火如荼”的时候。父亲是生产队长，那年春上，上面分给生产队一百多斤稻种。在那个连树皮都被剥光的年代，放在生产队队屋里的这一百多斤种子，无疑吸引了村里所有人的目光。父亲生怕有什么闪失不好交代，日夜守着这一百多斤稻种。有天傍晚，一位好心人跑来对父亲说：“快走吧，今天晚上有人要对你下手。”

这时候的父亲面临着一个两难的选择：要么丢失种子，无法向上级交代；要么用自己的性命去保护种子。父亲选择了第三条路：逃亡。他从宣城一路向南，经过宁国、屯溪、休宁，到了景德镇。身材高大魁梧的父亲，被人带到景德镇的一座瓷窑上挑土，虽然很辛苦，却能吃饱肚子。在那个全民大饥荒的年月，吃饱肚子是一件多么幸运的事情！

自己吃饱肚子，想到家人还在挨饿，父亲于心不安，决定回家一趟，把妻女从老家接到景德镇来。这次他选择的是水路，从鄱阳湖经过长江到芜湖，再从芜湖到了家。可是，家里只剩下了一片废墟。

如今，亲人没了，家没了，父亲不知何去何从。

四

父亲和母亲的结合，亏得了我的外婆。他们是那个艰难岁月里，两个破碎家庭的重新组合。母亲家在油榨沟，饿饭的年月家里死了好几口，带着两个女儿前来投奔我的外婆。外婆那时是非农业，每月有少量的定额粮食。在外婆的撮合下，父亲和母亲重新有了家庭，后来有了我们兄妹四个，加上我的两个同母异父的姐姐，一家大小六口人。母亲身体不好，不能下地劳动挣工分，我们家每年都是超支户，青黄不接的时候，很少求人的父亲总要去向人借粮。说是借粮，挑回来的只是山芋干。我记得最清楚的是，上半年借人家一担山芋干，下半年还人家一担稻谷。

父亲算个聪明人，在村里第一个学会了骑自行车；他虽然不是木匠、篾匠，却能打凳子、编竹篮。老家堂屋里的长台，我用过的洗脸架子，妹妹上学的课桌，都是父亲动手打的。那洗脸架子还特意有两根长木条，上面能晾毛巾，中间安装了一个镜子，足见他的匠心。

1976 年，我才只有 14 岁，父亲用一辆借来的自行车把我驮到了宣城二中，从此我开始了高中时代。那时候，我们家日子很苦，本来我是没有条件上高中的。每到开学的日子，母亲总要东奔西走，借钱给我交学费。

学校离家 30 里，我每个星期六步行回家，星期天再步行回学校，每次回来都能拿到一罐子咸菜和五毛钱。咸菜是母亲冬月里伴着寒霜腌制的，五毛钱是父亲熬夜打菜篮子卖了攒下的；五毛钱加上一罐咸菜，是我整个高中时代一个星期的伙食。

我想象着，父亲从已经成了园子的老屋基上砍来竹子，一根一根地剖成竹篾，在一个又一个漫长的冬夜里编着竹篮，老油灯将他的背影映在土墙上。

1978 年，我没能如父亲愿望的那样考上大学，回乡当了民办教师。虽然没能考上大学，虽然只是民办教师，我从父亲和母亲的脸上看出，她们已经很满足了。因为我们家祖祖辈辈都是文盲，那个年月，家里出了个高中生，已经是破天荒的事情了。

我的母亲目不识丁，父亲勉强识几个字。父亲所识的那几个字，是很有来历的。母亲在世的时候经常跟我们说起父亲是念过书的人。

我的父亲有三个姐姐，两个哥哥，哥哥姐姐都是同母异父。虽然这样，姑姑伯伯们都很疼爱这个老小。父亲 17 岁的时候，姐姐早已出嫁，他和我的伯伯、我的叔叔成了没爹没娘的三条光棍，日子的艰难可想而知。那时候，邻村有个老两口，家境中农，日子还算过得去，但无儿无女。一个偶然的机会见到身材高大、仪表堂堂的我的父亲，对我大伯说：“把老三给我做儿子吧，也省得你们三条光棍绑在一起受罪。”忠厚的伯伯身为长子，俗话说长兄为父，加上和我的父亲同母异父，怕亏待我父亲，就有点舍不得，说把老二给你吧。没想到那老两口非老三不要，竟然要拿着绳子来上吊。我伯伯怕出人命，只好答应把我父亲给老两口做儿子，但提出一个条件：既然你们家是中农，那得要老三读书。老两口答应了这个条件，我父亲以17岁“高龄”发蒙，上了几天学，这就是他初识几个字的由来。

五

2011年3月18日，按照父亲身份证上的出生年月，离他过生日还有两天的时间。这一天对于我和小妹来说，注定是一个不同寻常的日子，因为父亲的病理切片检查将要在这一天有结论。

诊断结果是我去拿的，当我拿到那张薄薄的诊断书时，知道一切都无法挽回了。我不敢走进父亲的病房，知道小妹很快就要从家里赶来，我还没想好怎么告诉她，便独自一人走到医院一个偏僻地方，抱着一棵广玉兰。我就那么紧紧地抱着那棵树，如同抱着我生命中一位至亲至爱的人，久久地，久久不肯撒手。

电话响了，我知道是小妹打来的。她一定是去拿父亲的诊断书，没有见到。铃声顽强地响着，我不得不把手机从口袋里掏出来，接听。小妹问结果，我不说话。电话里传来小妹一声哭泣……

其实，早在等待结果的日子里，我就劝说小妹要做最坏的打算。我怕她身体不好，万一那个可怕的结果猝然到来，她会承受不了。见了小妹，我们两人抱在一起，我就像刚才抱着那棵白玉兰……

擦干净眼泪走进病房，父亲问什么结果。我和小妹强装笑容，说肺炎，不是什么大毛病，却也很难彻底治好。

面对任何一个癌症患者，医生都会提出几个常识性的治疗方案。主治医生说，这么高龄的晚期患者，化放疗没有多少实际意义，相反只会增加病人的苦痛。药物保守治疗，也只能让子女们多少有一些心理上的安慰。

3月23日，一个晴朗的日子，斜阳从西边照过来，如同一幅暖色调的油画，我的心里却是一片苍凉。

早早地吃过晚饭，我对父亲说，明天就要回去了，陪你去散散步吧，父亲欣然应允。我和父亲徘徊在中山医院的草坪上，他走在前面，我走在后面。老人穿着那件旧了的咖啡色羽绒袄，后背明显地弓着。看着老人的背影，我的耳边总是响起那首歌——

把爱全给了我，

把世界给了我……

我的农民父亲，把爱给了我，把世界给了我；而我在他生病的时候，却无能为力，毫无作为。我掏出手机，拍下了父亲的背影……

3 月 24 日，是我们带着父亲出院的日子。看着父亲面带笑容和相处了十几天的病友们告别，祝他们早日康复，我和小妹的心里在流泪，在哭泣。

走到医院门口，我和小妹都不约而同地回头望了一眼。来的时候，我曾经想象着，当父亲的病治好了，我们出院的时候该多高兴啊。如果有那一天，即便是雨天，我们兄妹的心里也一定是个阳光灿烂的日子。

可是，这一天不会再有……

六

宣城二院九楼，呼吸科病房，我已经很熟悉。父亲从最初的咳嗽、到确诊为肺癌长达一年多的时间里，多次住院，呼吸科的大部分病房都住过。

一个又一个夜晚，陪着父亲住在病房里。夜幕降临的时候，从楼上望去，远处是城市橘黄色的灯火，近处是大坝塘附近唱歌、跳舞的人群。远处的灯火显得有些冷清，近处的歌舞却热闹得很。

其实，聚集在大坝塘唱歌跳舞的人大都是中老年，歌唱得并不专业，舞也跳得并不潇洒。可是他（她）们唱的是快乐，跳的是健康。这才觉得，快乐和健康对于人生是多么重要。大坝塘的歌声停息了，舞曲终止了，拉上病房的窗帘，我陪父亲说话，总是有意识地将话题引向他觉得快乐和值得回忆的一些人和事。

父亲虽然一生坎坷，老了却也有许多值得骄傲的事情：他在村里的同龄老人中到过的城市最多，早年去景德镇、南京是为了逃命；七十岁以后，在我和小妹的陪伴下，他到过上海、苏州、杭州，去过北京、黄山；他是村里第一个坐飞机外出旅游的老人，也是村里少有的能坐在剧场里看戏的人。这些在城市的老人看似很平常的经历，成了父亲晚年值得骄傲的事情，每每和村里的老人说起来，总会引得老人们的赞叹和羡慕，听到别人夸奖我们兄妹孝顺，父亲的幸福感溢于言表，笑得眯缝着双眼，像个快乐的老小孩。

父亲和母亲喜欢看戏，我年轻时的80年代，乡下到处有不少草台班子唱戏，父亲和母亲常常看戏直到深夜。我后来之所以将戏剧创作当作自己的终生职业，也许是和戏迷父母多少有点关系。那年，我写的《豆腐宴》在南京公演，想带父亲一起去看。看惯了露天舞台戏的父亲自然很想去大城市的剧场里去看戏，可想到农活很忙，父亲还是未能成行。两年前的夏天，我的《天下第一墨》在红星礼堂公演，又是本地的皖南花鼓戏，我让弟弟带着父亲一起来看。那时候，父亲被确诊为癌症从上海回来已经有三个多月，身体渐渐消瘦，咳嗽得厉害。我痛心地想，父亲这一辈子坐在剧场里看我写的戏，这是第一次，也是最后一次；想着想着，眼泪就默默地下来了。

父亲看完了戏，并没有特别的惊喜，说现在的花鼓戏不怎么像原来的花鼓戏了。父亲有许多皖南花鼓戏的碟片，晚上常常一个人看。有时候我回家，他也放给我看。他说，和我的母亲相比，他现在坐在家里就能看电视上的花鼓戏，简直算是在天堂里了。

我知道说这话的时候，他想起了早年和母亲一起晚上奔波看草台戏的日子。

七

6月初的一个星期天，我回家去看望父亲。他知道我要回来，用一截网箱在门前的河沟里放了几只龙虾，几只草虾，还有几条小鱼，烧了浅浅的一小碗。

看到老人还能捉虾子，我很欣慰；看着我有滋有味地吃着，他的脸上现出难得的笑容。没有想到，这竟然成了我陪老人在老家的餐桌上吃的最后一顿饭。6月11日接到弟弟的电话，说老人病情加重，我们把他送到医院。看着老人的神情气色，我心知肚明，这也许是老人最后一次住院了。

父亲离家之前，除了带上衣服日用品，还带来了一些鸡蛋。望着那半篮子土鸡蛋，我心在流泪。我想，有人早年丧父，我50岁了，还吃着父亲从乡下带来的土鸡蛋，这是多么幸福的事情！

到了临终的前一段时间，父亲渐渐难以自理，我第一次给他洗脸洗脚，第一次给他揉肩捶背，第一次给他剃胡子，第一次给他洗假牙。没有想到这许多的第一次同时也成了最后一次。我问自己：如果不是父亲重病在身，我还会想到来做这些“第一次”吗？因为疼痛加剧，给他抚摸成了我每天都要做的事情。大妹妹抚摸着他的肩膀，说：“这肩膀挑过多少担子啊！”小妹妹抚摸着他的双脚，泣不成声：“这脚走过多少路啊！”

是啊，我的农民父亲，扛着岁月的沉重，扛着生活的艰辛，却从来没在儿女们面前诉苦。那天早晨，我买了小笼包，这成了父亲的最后一顿饭。2012年7月5日，父亲走完了他83岁的人生，静静地走了。这个炎热的苦夏，正好是我50周岁。50年前的那个7月，我来到这个世界上，我的出生，一定给曾经家破人亡的父亲带来了喜悦和欣慰。整整50年后，父亲走了，卸下了他的苦痛，他的留恋，把无尽的思念和怀想留给了我们。他走得那么安详，那么平静。

父亲的一生是一本书，写满了悲欢离合，酸甜苦辣，打上了深深的时代烙印。父亲的一生是一条河，不是那种波澜壮阔的大河，却也弯弯曲曲，有过呜咽，最终无声无息地流到了生命的尽头。他忠厚善良，从来不知道算计别人，沾别人的便宜。他隐忍宽容，无论是对待子女还是对待别人，总愿意自己默默地付出。

父亲有一只白色的搪瓷缸，上面印着五颗鲜红的草莓。在家里用来漱口，有时候早上用它泡一杯奶粉。无论是在宣城还是在上海，住院的日子里，这只白色的搪瓷茶缸总是陪伴在他的身边，比我们儿女们陪伴他的日子多得多。

办完了父亲的丧事，我把那只搪瓷茶缸带回了家，想买一兜水仙养在这茶缸里。想象着水仙茂盛的时候，就是我的思念在疯长……

后　记

二十岁的时候，学习写作；三十岁的时候，进入专业创作队伍，写着写着，就过了知天命之年。早年写小说、写散文，后来被逼着写剧本。要是问及这三十年写了哪些值得一提的作品，实在让人脸红。不过没关系，不是任何一个写作的人都能鼓捣出惊世骇俗的大作，就像不是所有的生意人都能成为巨商大贾一样；一辈子做个小商贩，虽然心有不甘，却也没什么不好。

这本《窗外的风景》是我三十年来散文创作的一个总结。曾经发表过一百多篇可以称作散文的东西，编辑成书的时候，我花费了一些时间，经过了一番挑选，剩下这61篇，算是自己比较满意的。

我一直认为，写散文的最佳年龄至少在四十以后。人到了这个年纪，经历和阅历都开始丰富——而经历和阅历是写好散文的本钱。我是个感觉迟钝的人，和那些每到一地就能倚马可待、洋洋洒洒成篇的作者比起来，很是惭愧。我也去过一些地方，但大都写不出散文。不是那些地方不美，实在是找不到独特的感受。

本来想把这六十多篇文字分成几个部分，如“亲情篇”“创作篇”“山水篇”“感悟篇”等，想想还是没有这么做。散文讲究随意随性，还是不分为好。

本书付印之际，我要由衷地感谢《宣城日报》副刊编辑杨文宝、《宣州专刊》副刊编辑吴生荣、《散文》编辑鲍伯霞，以及《中国教育报》

《中国文化报》《安徽日报》《安徽青年报》《新安晚报》等不知道姓名的副刊编辑，还有虽然发表了我的散文、但这个集子里并未选进来的《文汇报》《海南特区报》等报刊的副刊编辑，是你们的辛苦付出，我的这些文字才能与读者见面，真诚地说一声："谢谢你们！"

作 者

2018 年深秋

图书在版编目(CIP)数据

窗外的风景/黄廷洪著.——合肥:合肥工业大学出版社,2019.12
ISBN 978-7-5650-4803-6

Ⅰ.①窗…　Ⅱ.①黄…　Ⅲ.①散文集—中国—当代　Ⅳ.①I267

中国版本图书馆CIP数据核字(2019)第299835号

窗外的风景

黄廷洪　著　　　　责任编辑　朱移山

出　版	合肥工业大学出版社	版　次	2019年12月第1版
地　址	合肥市屯溪路193号	印　次	2020年3月第1次印刷
邮　编	230009	开　本	710毫米×1010毫米　1/16
电　话	人文编辑部:0551-62903310	印　张	11.5
	市场营销部:0551-62903198	字　数	179千字
网　址	www.hfutpress.com.cn	印　刷	安徽昶颉包装印务有限责任公司
E-mail	hfutpress@163.com	发　行	全国新华书店

ISBN 978-7-5650-4803-6　　定价:58.00元